魔導師は平凡を望む

27

ルドルフ
ゼブレストの王。
親しみやすい性格からミヅキの親友になる。
エルシュオン
ミヅキの保護者。親猫扱いされるイルフェナの第二王子。あまりに高い魔力と敵に対する容赦のなさから魔王と呼ばれている。
香坂御月
（コウサカ ミヅキ）
気がついたら異世界にいたドSな女性。異世界人の魔導師という立場故、問題に遭遇しやすい。周りからは鬼畜魔導師と恐れられる。

登場人物紹介
グレン
知将と呼ばれるウィルフレッドの右腕。実はミヅキと同じ世界から来た異世界人。
セリアン
カルロッサの宰相補佐。女性と見紛う容姿だが、内面は切れ者で侮れない。
セレスティナ
コルベラの王女。お姫様であるが、自活でき、野営も平気で逞しい。
シュアンゼ
ガニア国王弟子息。ガニア国でのミヅキの協力者。ミヅキに出会いその本性を見せたことで、『灰色猫』と呼ばれるように。
ハーヴィス王妃
政略結婚によって王妃になった才媛。国を守る者として、アグノスの暴走に困惑している。

目次

プロローグ

――イルフェナ・騎士寮にて

魔王様襲撃事件から早数日。私の手紙を読んだ『協力者』達が、続々とイルフェナに集結しつつある、今日この頃。

私や騎士寮面子、そしてイルフェナの皆様は――

「何で、未だにハーヴィスが動かないのよ⁉」

動きを見せないハーヴィスへの怒りを募らせていた。おい、加害者？　いい加減にしろや！

いや、確かに難しい案件だとは思うよ？　対応を間違えた場合、下手をすれば開戦待ったなし！

という可能性もあるからね。相手がイルフェナ、しかも襲撃のターゲットが『あの』魔王殿下。そして、負傷したとなれば……まあ、優しい対応は期待できないと思うわな。

――ただし、それはこれまでの魔王様の悪評が事実だった場合のこと。

実際の魔王様はかなり温厚で、できる限り、ハーヴィスの民に負担にならないような対応を望む（予想）ので、激高な賠償金なども望むまい。襲撃者や主犯はともかくとして、その弊害によって『国』が犠牲になることは避けるだろう。

勿論、それは『ハーヴィスが誠意をもって謝罪し、事実を明らかにすること』が前提。

『血の淀み』と呼ばれる『災い』――血が濃くなり過ぎたことによって引き起こされる、心身の異常のこと――を生まれながらに持つ者は、どこの国でも管理されるのが常識なのだ。それを怠ったハーヴィスに、責任がないとは言えまい。

……が、この一件。非常に奇妙な方向へと発展したのだ。

奇妙な点　其の一

●『血の淀み』を持つとされる王女アグノスについて

アグノスは隔離生活確定のはずなのに、民や貴族がその存在を知っており、『精霊姫』という渾名を持つ。襲撃犯達は彼女に救われた者であり、信奉者と言ってもいいほど心酔している。

彼女を『優しいお姫様』に仕立て上げているのは、乳母が施した教育。それは『御伽噺のお姫様と混同させ、アグノスに【あなたはお姫様なのだから、このように生きねばならない】と言い聞かせるもの』だった。

なお、乳母の教育の元ネタは過去、バラクシンの教会に実在した『聖女』。

『血の淀み』を持ちながらも、優れた癒し手であったらしい王家の女性に『聖女だからこそ、そのように素晴らしい能力を有しているのだ。貴女は神の期待に応えなければ云々』と言い包め、穏やかな一生を送らせたらしい。

疑問点
●王女としての教育係はどうした？　反対意見は出なかったのか？　って言うか、本当に『御伽噺に依存させるだけ』で、何の問題も起こらなかったのだろうか？

奇妙な点　其の二

●ハーヴィス王について

お前、これまで何をやっていた……？


ハーヴィスが長年、鎖国状態にあり、王の権威が強いと言っても、これはない。いや、『王だからこそ』無責任と言われること請け合い。いくら何でも、無能過ぎる。

そもそも、ハーヴィス王が『一国の王』として、この世界において常識的な『血の淀み』の対処――所謂（いわゆる）、隔離とか幽閉といった対応――をしていれば、乳母がアグノスの教育に介入したり、頭を悩ませたりする必要はなかったわけで。

ぶっちゃけて言うと、ハーヴィス王が諸悪の根源に思えてしまうのですよ。

本当に乳母に丸投げ……もとい、アグノスに対して何もしていないなら、その理由を是非とも聞いてみたい。放置は危険と判っているはずなので、専門の教育係や監視要員を付けていないならば、何らかの理由があったと考えるのが普通。

疑問点
●『血の淀み』を持つアグノスに対し、適切な対処を取らなかった理由とは？　最低限の報告を受けていたならば、アグノスがヤバい奴だと（薄らであったとしても）知っているはず。

奇妙な点　其の三

●今回の対応について
多少の混乱は判るが、それにしても遅過ぎる。言い方は悪いが、今回の一件はハーヴィスにとってかなり拙い状況――下手をすると開戦――を招きかねないので、迅速な対応が求められる。

ところが、当のハーヴィスが全く動かない。

私が他国の友人達へとお手紙にて事情を説明し、それを読んだ彼らが其々の対応を決めて行動に移していると言えば、どれほど時間が経っているか判るだろう。

ここは魔法のある世界なので、謝罪の手紙程度ならば、即座に届く。いくら鎖国状態の国とは言え、事情が事情だ。北の大国ガニアに事情を話して協力してもらうなりすれば、可能である。

……が、周辺諸国へとそういった依頼が来た形跡もない。沈黙したままなのだ。

ここまでくると、内部で何らかのトラブルが起きているのかと思えてしまう。アグノスの一件も、その一環ではないのか？　と。

サロヴァーラのヴァイス曰く、ハーヴィスは鎖国維持派（王と多くの貴族達）と改革派（王妃と現状に危機感を抱く少数の貴族）で揉めている模様。今回の魔王様への襲撃はその対立を悪化させた可能性があり、ハーヴィス内の意見が纏まっていない可能性も否定できない。

疑問点
●改革派が暗躍していたとしても、ハーヴィスそのものがイルフェナに睨まれる事態を良しとするだろうか？　鎖国維持派にしろ、改革派にしろ、ハーヴィスの滅亡や衰退は望むまい。
では一体、何が目的なのか？


以上、主な疑問三連発。ハーヴィス内に複数の意見があったとしても、魔王様への襲撃は『ハーヴィスという【国】にとって悪手』であり、どうにも目的が読めないんだよねぇ。

言い方は悪いが、『ハーヴィスを滅ぼしたい一派が居ます』とか言われた方が納得できてしまう。

それならば、まだ理解できるんだ。どれほどハーヴィスが拙い状況に追い込まれようとも、それが目的ならば問題ないのだから。

「いやいや……いくら何でもおかしいって！　仕事の都合で到着が遅れている宰相補佐様とグレンだって、そろそろイルフェナに行くって連絡が来たし！　まさか、ハーヴィスは『初動の遅れが致命的になることもある』って理解してないとか、言わないよね!?」

「ミヅキ、そう自棄にならなくとも」

「いや、アルだって本心では同意見でしょうが」

私を諫める素振りを見せるアルへと、ジトっとした目を向けると……アルは意味ありげに笑みを深めた。

「どのみち、貴女や我々のハーヴィスに対する評価が覆ることなど、ないじゃありませんか。足掻こうが、絶望しようが、大差ありません」

「おい、公爵子息。その物騒な発言は一体、何」

「主を襲撃したことだけでも許しがたいですが、このような対応をしているのです。イルフェナを、それ以上にエルを嘗めていると思われても仕方ないのでは？」

穏やかな微笑と柔らかい物腰が素敵と称される騎士、アルジェント。その本質は『身内以外はどうでもいい』と考える人嫌い。そんなアルにとって今回の一件は、地雷を踏み抜く所業だったのだろう。早い話、ブチ切れている。

「まあ、だからこそ、ハーヴィスの望む流れにはしたくないのですけどね」

そう言って、アルは肩を竦めた。アルの言う『ハーヴィスの望む流れ』は、予想されたあらゆる展開全てを指す。だからこそ、ここまでブチ切れていながらも、騎士寮面子は動かない。多分、イルフェナも似たような考えなのだろう。

「だから、先に根回しを済ませたんじゃない。私が勝手な真似をしたのにお咎めなしってことは、イルフェナ的にも『よくやった！』っていう、意思表示でしょ」

「ええ、勿論。ですが、その程度の動きは期待されているということでもあります。ここは『実力者の国』と呼ばれるイルフェナですし、貴女は『魔王殿下の黒猫』と呼ばれているのだから」

「当然！　私自身の評価を落とすつもりはないわ。勿論、魔王様の望む決着が優先だけどね」

頑張った！　と胸を張れば、アルが微笑んで頭を撫でてきた。その笑みは、先ほどとは明らかに違う種類のもの――魔王様直属の白騎士達を率いるアルから見ても、私の行動は合格らしい。

「ですが、奇妙なことが多いのも確かです。根回しを済ませている以上、こちらが悪し様に言われることは避けられるでしょうが……ハーヴィスの目的が判りませんね」

「そうなのよねぇ」

二人揃って、考え込む。ハーヴィスの情報がなさ過ぎ、ということも一因だろうが、目的が見えてこないのが何とも不気味だった。まさか、ハーヴィスを滅ぼしたい他国の勢力が、暗躍しているとかではあるまいな？

だが、私は即座にその思考を打ち切った。個人の報復にしてはリスクがあり過ぎる上、あまりにも規模が大きいもの。

ハーヴィスという『国』か、その上層部に居る人間が個人的な恨みを買っていたなら、ありえる展開であろう。だが、それには『イルフェナを利用する』ということになる。

バレた日には、ハーヴィスどころかイルフェナさえも敵に回すことになるし、ハーヴィスの対応を予想しなければならないので、あまりにも運任せになる要素が多過ぎだ。危険過ぎる賭けになる以上、別の方法を探した方が賢明だろう。

「とりあえず、これまでの情報や考えられる可能性は纏めたから、皆にも読んでもらった方が良いね。何か、気付くことがあるかもしれないし」

「そうですね。後ほど一度、皆様に集まっていただきますか」

「そだね。騎士寮の食堂なら、大丈夫でしょう」

「では、そのように」

立ち去っていくアルの背を眺めながら、私は再度、今回の一件について考えていた。私が事を起こすならば……まず、今回のような運任せの計画はしないだろう。いくつもの仮説が出てきたように、あまりにも計画性がない。ハーヴィスの対応を完璧に読めなければどこかで歪み（ゆが）が出る上、事が大き過ぎて、軌道修正も不可能だ。

——ならば、今回の『仕掛け人』は、『ハーヴィスの対応を完璧に読める者』となるはず。

そこまで考えて、溜息（ためいき）と共に首を振った。鎖国状態のハーヴィスの内情を詳しく知る者なんて、ハーヴィス在住の貴族か王族以外にいまい。だが、現状は多くの敵を作った挙句、ハーヴィスを滅亡の危機に立たせている。

自己犠牲上等！　という精神で挑まない限り、確実に不利益を被（こうむ）るじゃないか。国ではなく、特定の者に恨みを抱いているならば、別の遣り方をした方がピンポイントで狙えて、成功率も高いだろう。

「あ〜……意味判んないわ」

頭脳労働職を自称する以上、ここで投げ出すような真似はしたくない。……したくはないんだけど、あまりにも不明確な点が多過ぎて、『もう、すっぱりハーヴィスごと殺っちまおうか』と思ってしまったりもする、今日この頃。

ふと見上げた空は、私の気持ちとは裏腹に、澄み切った青い色をしていた。空の青に魔王様の目の色を思い出し、暫く会えていない過保護な保護者を思い浮かべる。


元気だろうか、魔王様。体への負担は疲労回復同様、休むしか癒す術がないけれど。


そんなことを考えた直後、魔王様への襲撃を思い出し、同時に、沸々と怒りが沸き上がってきた。

誰もいないのに、自然と目が据わる。

「……。そうだ、藁人形でも打とう」

シュアンゼ殿下が藁を持って来てくれたから、お人形の材料は十分だ。ここは一つ、怒りを収め、気を落ち着ける意味でも、女の子らしく『お呪い』に興じようではないか。

「うん、そうしよっと♪」

機嫌よく、私は自室へと足を進めた。

……その日、騎士寮に住んでいない部外者からは『【何か】を打つ、不思議な音が騎士寮の裏から聞こえた』という話が出たが、騎士寮面子は揃ってスルー。私には一応の小言が向けられたが、大半の騎士達は温かい眼差しを向けてくれた。

なお、数名から『自分も誘って欲しかった』『今度は本格的な物を作ろう』といった言葉をかけられたのは、言うまでもない。落ち着いたら、皆でやろうな。

第一話　三人娘は楽しく（？）会話する

――騎士寮の一室にて

「……」

「……」

私が手渡した『考察ダイジェスト・真相はどれだ⁉』を読み進めるセシルとエマの表情は厳しい。と言うか、彼女達がイルフェナ行きを決めた時には『魔王様負傷・襲撃犯はハーヴィスの精霊姫の子飼いらしい』的な情報しかなかった。それしか書きようがなかったとも言う。

こう言ってては何だが、それだけならば単純な事件だったろう。イルフェナに非がないことを明確にしながらも、ハーヴィスに報復すればいいだけなのだから。

……が。現在では、その対応自体が狙いだったのかという疑惑が持ち上がっている。

どう反応したらいいのか困るのも当然だ。イルフェナからの報復という『当然の行動』を見越して魔王様とルドルフを狙ったならば、『本当の仕掛人』を喜ばせるような行動を取れないもの。

その『喜ばせるような行動』には当然、『血の淀みを持つアグノスの排除』や『ハーヴィス王の責任を問う』といったものが含まれている。

それらを避けて、安全圏を狙うと……非常に緩～い処罰しか望めなくなるのだ。

建前は『ハーヴィスが謝罪し、誠実な態度を見せたから』。そこに『主犯は【血の淀み】を持つ王女ゆえ、どうか温情を』という、人の心に訴えるような文章が続くことだろう。

そうなった場合、私を含めた極一部の心境は『ふざけてんじゃねぇぞ！』一択。

ただし、それがイルフェナとしての決定ならば、魔王様から『耐えろ』と言われてしまう。

魔王様が自分よりも国を優先するからこそ、私達は動けなくなってしまうんだよねぇ……。

これは仕掛け人（※居ない可能性もあり）も予想外のことだろう。なにせ、今回のターゲットは『あの』魔王殿下。魔王様も、騎士寮面子も、報復に出るとしか思うまい。

確かに、魔王様が噂通りの人物ならば、そういった行動に出ても不思議はないだろう。ここ一年ほどで知れ渡った魔王様の真実を知らなければ、うっかり信じてしまうかもしれない。

ただ、イルフェナ側もハーヴィスの内情やアグノス王女のことをよく知らないため、『本当の元凶が誰なのか』を特定できずにいるというのが現状。

情報不足は完全に、お互い様というわけだ。ハーヴィスが鎖国状態にあり、他国と付き合いがないというのも一因。そのせいで、様々な可能性が挙げられてしまっているのだから。

そんなことを考えつつ、セシル達に視線を向ける。そして、ここに集ってくれた人達を思い浮かべた。

こちらに味方してくれる友人達（＝各国代表のような扱いの人達）がいるから、イルフェナ側に非がないことは確実に証明できる。彼らがここで得た情報を自国に持ち帰れば、ハーヴィスへの批難くらいは飛ぶだろう。

しかし！　今できることはそれだけだった。……それだけなのよ、マジで！

『本当の仕掛人』が居た場合、ハーヴィス側に温情を与えるというか、寛大な態度を見せることが、その目論見を潰すことになるのだ。ある意味、これがイルフェナの報復とも言える。


でもね、人には『絶対に許せないこと』ってあると思うんだ。

だからこそ、現在は考察のお時間なのですよ。『賢さは強さよりも性質が悪い』どころか、『賢さと人脈は、常識を超えて災厄と化す』と言わせてみせようではないか……！

それに。

魔導師である『私』は、魔王様の配下と明言しているからね。ここは期待に応え、お望み通りに踊ってあげてもいいと思っていたりする。それくらいのサービスはしてあげようじゃないか。


泣き寝入りなんざ、誰がするかよ。今は雌伏すべき時。

私は執念深いぞ、しつこいぞ。黒猫の祟りを嘗めんじゃねぇぞ……！


……まあ、ハーヴィスが誠実な対応をするならば、私個人がやらかす必要はないのだけれど。

それでも、『そんな未来はねぇな！』と思ってしまうのも事実。ヴァイス君から聞いたハーヴィスの現状が、その疑惑を強めているのだよ。

これは私だけではなく、皆も感じているだろう。孤立している国だからこそ、他国からの批難を恐れない可能性があるものね。もしくは、他国を怒らせた際の怖さを知らないとか。

なにせ、ハーヴィスには『国単位でじわじわと苦しめる』という方向の手段が取れないのだ。

国が鎖国状態にあり、自国で何でも賄っているなら、貿易方面からの攻撃は無理だろう。各国からの批難とて、これからも関わる気がなければ受け流せてしまう。

勿論、今後のことを考えたら、それはかなりの悪手。危機感を抱く人から見たら、冗談ではない状況だ。何かあっても、頼る先がないのだから。

だが、『今』しか見ておらず、多くの王族・貴族が『変わることを望まない』という態度を貫くならば、やりそうな気がした。

――王妃にさえ、変えることができない国の気質。彼女の動きを妨げたもの。

間違いなく、その要因は『賛同者の少なさ』だ。いくら王が絶対的な存在であろうとも、王妃に貴族の大半が味方に付いていれば、無視はできないもの。

あまり言いたくはないが、こういった強みがあるからこそ、ハーヴィスは割と強気な態度ができる気がする。『相手がイルフェナだろうとも、怖くない！』と言い出しても、不思議はなさそう。

あれですよ、『赤信号、皆で渡れば怖くない』的な、集団心理！　元々、自分達だけで固まっていることを選んでいるから、他者から突（つつ）かれても不安になりにくいだろうしね。

――ただ、私に言わせれば、『現実を見ろ』という言葉に尽きるけど。

後から困ったことになったとしても、責任の押し付け合いが起こるだけだもの。誰も責任を取る気がないからこそ、単純に誘導されるんじゃないのかね？

もしも、発言者が責任を負うことになっているなら、各国と関わらない場合のデメリットも考えるだろう。それでも鎖国状態を選ぶならば、それが彼らの選択というだけだ。

「何と言うか……特定に困る案件だな」

「そうですわね。『どちらの国にも被害をもたらさない』という意味では、その決着方法も見えています。イルフェナは要（い）らぬ疑いをかけられず、ハーヴィスはとりあえずの許しを得る……ですが、

「それではミヅキやこの騎士寮に暮らす方達が黙っていないでしょう」

そう言って、エマは私へと視線を向ける。それには当然、頷くことで肯定を。

「正直、理解できないな」

「こんな事件が起こることが？」

問い返すと、セシルは首を横に振った。

「色々あり過ぎて、ハーヴィスの考えが読めないんだ。まず、『血の淀み』を持つ者を野放しにしていることがおかしい。ミヅキは知らないだろうが、この世界では『血の淀み』を持つ者への対処は常識となっている。そうしなければならない『事実』と『過去』が、各国にあるからな」

「そうですわね……私もそれは疑問に思いました。ですから、このように様々な可能性が出てしまっているのですもの。そういった意味では、対処を怠ったハーヴィスが元凶なのですが」

「やっぱり、二人から見ても『野放しはあり得ない』って思うんだ？」

「勿論」

「大抵の方がそこを疑問視すると思います」

二人から見ても、精霊姫の扱いがおかしいようだ。いくら鎖国状態の国だとしても、野放しはあり得ないと言い切れてしまうらしい。

だが、セシルが気になったのはそれだけではないようだった。

「そもそも、彼女がきちんと監視されているなら、この一件の前にそれなりのことがあったはず。何と言うか……アグノス王女の周囲と国の上層部の間で、情報の共有がきちんと成されていない気がする。アグノス王女の危険性を知らなければ、それなりの対処で済ませてしまっても不思議はない。『血の淀み』の影響が軽度であれば、隔離程度で十分な場合もあると聞いたことがある」

「ああ、その可能性もあったかぁ……」

アグノスが王女である以上、彼女の扱いを決定するのは王だろう。だが、王や国の上層部といった立場の人達にアグノスの危険性が知らされていなかった場合、危機感なんて抱きようがない。


だって、『何も持たない王女』だからね、アグノス。


母親の実家が後ろ盾になっているのかもしれないが、政に関わらない、引き籠もりの王女の権力なんて、たかが知れている。それに加え、アグノスの抑え役になっていたらしい乳母亡き後、彼女に匹敵する働きを期待できる後任が送り込まれた様子もない。

これ、明らかに『お目付け役の不在』ではなかろうか。それで問題が報告されていないならば、問題視する声もあまり上がらないような気がする。

勿論、これは私の予想だ。だけど、アグノスのヤバさを王や母親の実家が理解していたなら、何らかの対処はすると思うんだよねぇ……。

「乳母がかなり軽く伝えていた可能性もあるよね。教会に来た手紙を読む限り、彼女はアグノスを守りたかったみたいだし」

「その気持ちも判らなくはありませんが、その想いが結局はアグノス様を罪人にしてしまっているのです。……。乳母であった女性は、『血の淀み』の危険性をきちんと理解していたのでしょうか。過去の実例を知っていたなら、絶対に楽観視はしないでしょうに」

「エマ、それは『セレスティナ姫へと忠誠を誓う侍女』としての考え？」

「はい。もしも、セレスが『血の淀み』を持っていたならば……私なら、できる限りの対処をすると思います。勿論、それがセレスにとって煩(わずら)わしいことであったとしても。そして、最期まで傍(そば)にお仕えしますわ。主のためとはいえ、その自由を奪うのですもの。私も全てを手放し、その籠(かご)の中で共に暮らすのが筋というもの」

きっぱりと言い切るエマに迷いはない。どこか覚悟を滲(にじ)ませたエマの言葉を聞くセシルとて、彼女の覚悟を疑ってはいないようだった。

エマはセレスティナ姫の婚姻の際、たった一人キヴェラに付いて来た過去がある。彼女ならば、本当に自分が言ったように行動するだろう。

エマにとっての忠誠とは、『主の言いなりになって、何でも言うことを聞く』のではなく、『主にとって最善の状況とは何かを考え、行動し、自分がその責任を負う』というものなのだから。

苦言を呈(てい)するどころか、不敬罪に問われるようなことであったとしても、エマはきっと迷わない。選ぶのは己ではなく、主たる存在。それが彼女の誇り。

二人の意見を聞き終え、私は首を傾げた。

「さすがに、今も楽観視してるってことはないと思うんだよね。いきなり現実を突き付けられたから、イルフェナの抗議に対して、即座に反応できないのかも」

セシルの言った『情報の共有ができていない』ということを事実とするなら、この可能性は大いにあり得た。何とか穏便に済ませたいと思っても、ハーヴィスには間に入ってくれるような友好国はないだろう。こうなると、交渉担当者は命の危機だ。

なにせ、交渉相手はイルフェナだもの。そこの第二王子を襲った以上、温い対処を期待する方が間違っている。まあ、どんな国であろうとも、王族を襲ったことを軽くは捉えないだろうけど。

「一番イルフェナに話を聞いてもらえそうなのは、王族……もっと言うなら、王自身がこちらに赴くことなんだが」

「……セシル。これまでの予想を聞いて、ハーヴィス王がそんなに根性ある人に思える？　魔王様に謝罪するにしても、以前の噂を信じていたら、かなり怖いと思うけど」

「……」

セシルは暫し、悩むように沈黙し。

「無理だな。そんなことができる人物ならば、元より、アグノス王女への対処は万全だったろう。そもそも、来るだけでは意味がない。イルフェナに対し、交渉ができる人物でなければならないからな。誠実に謝罪しつつも、自国に不利にならないようにするなど、難易度が高過ぎる」

意外と辛辣なことを言った。セシルも色々と成長しているため、そこに自分を置き換えた場合に必要な物が見えているのだろう。

それを前提にして出した結論が『否』。ハーヴィス王、全く信頼がない模様。

「ところで、ミヅキには何か考えがありますの？　私としては、ミヅキが考察だけに時間を費やすとは思えないのですが」

「あら、『今は』大人しくしているだけだけど？」

無難に返せば、セシルとエマは顔を見合わせ。

「隠していることがございますわね？」

「で、本音は？」

笑顔で『嘘吐っけ！』と言わんばかりに、問い詰められた。おおぅ……友よ、私はそこまで信頼がないのか！

……。


あるけどな、隠していること。


言ってもいいんだけどね、別に。この二人とは一緒に過ごした時間もそこそこあるので、何となく判ってしまうのだろう。

そもそも、二人の逃亡生活において引率兼護衛と化していた私は、全く大人しくはなかった。あの時の遣り取りを覚えていたら、『今は大人しくしています♪』と言ったところで、信じまい。

「セシル達にも言えることだけど、各国からイルフェナに来る人達の接点って『私』なのよ。まあ、情報収集という意味もあるだろうけど。こんな時だもの、『別の理由』を使った方がいいってことは判るよね？」

「それはそうだろうな。下手をすれば、イルフェナが画策したように見えるだろうし」

「だから『今は』ここに居なきゃならないの。勿論、ただ待っているだけなんてしない。折角だから、ここで交流を持ってもらおうと考えている。各国との繋がりが欲しいのは、騎士寮面子も同じなのよね。私を介した遣り取りだけだと、不安定過ぎるもの」

と言うか、シュアンゼ殿下はそれが目的とも言える。魔王様や私のために動いてくれたことも事実だけど、不自由な体でここまで来る以上、ただでは帰らない。

ヴァイスにしても、サロヴァーラのためだと諭せば、恐縮しつつも繋がりを得ようとするだろう。善意だけ成り立つのではなく、『互いに利のある関係』だからこそ、最適と言えるのだから。

「セシル達だって、王族ということを強みにして交流すればいい。『今』は、『偶然が重なって』、ここに集っただけ。この機会を利用しない手はないでしょ」

「それはそうだが……何だか、エルシュオン殿下のことを建前にしたようで、良い気はしないな」

「魔王様なら怒らないって！　忘れているみたいだけど、キヴェラを含めた不可侵の条約の提案者、魔王様だよ？　その繋がりを争うことに使うアホなら〆られるけど、平和的な利用なら何も言わないでしょ」

基本的に、魔王様を介した私へのお仕事依頼は『対処できない、自国内の問題の解決』というもの。私が部外者だからこそのお仕事です。国が相手だと、貸し借りができちゃうからね。

だが、私が出ていかなくとも解決できるならば、それがベスト。国の要人同士が個人的に協力し合って解決できる問題ならば、裏道的な信頼関係を築けるだろうしね！

「で、他には？　今の説明は私達のように、個人的な思惑込みでイルフェナへ来た者達への恩恵だろう？　ミヅキは何を狙っている？」

セシルは確信を持っているようだ。エマも同様。そんな彼女達に、私はにやりと笑う。

「……『世界の災厄』が、黙っている理由はないでしょ」

「「は？」」

「だからね、このままだとハーヴィスとイルフェナの交渉が泥沼化するのは必至。それはイルフェナ的に嬉しくない。だ・か・ら！　魔導師が暴れちゃってもいいと思うんだよ♪　坊主憎けりゃ、袈裟まで憎い！　ハーヴィスの極一部が今回のことを画策したなら、最初に『国として』痛い目に遭った方が、話し合いも進むんじゃないかと」

ぶっちゃけますとね、私はハーヴィスに期待していないのですよ。

今は自国の王子を傷つけられたイルフェナが動くのが当然だし、前述した他国の友人達が繋がりを作る時間とも言える。それは必要なことなので、私が介入すべきではない。

だけど、それが終われば私の時間だ。貴方の身近な恐怖こと『世界の災厄』が、ハーヴィスを恐怖に染め上げようではないか……！

「ハーヴィスは一度、痛い目に遭わないと現実を理解しない。交流を絶って過ごした年月が長過ぎて、『他国の成長ぶりを知らない』と思う。その先駆けとして魔導師が恐怖伝説をハーヴィスに築き、『魔王様やお世話になっている人達の言葉なら聞きます』って言ったら、どうなる？」

「「……」」

二人は暫し、沈黙し。

「魔導師と懇意にしている者達に対し、恐怖を抱く……か？」

「しかも、それはイルフェナだけではありません。必然的に、各国に対して『仕掛けるのは危険』という危機感を抱きますわね。魔導師が素直に言うことを聞く『何か』がある、と」

「ですよねー！　私が狙っているのはそれ。『イルフェナを含めた国々は、ハーヴィスよりも上』って認識をすると思うんだよね。今後、ハーヴィスとの交渉に持ち込むにしても、優位に立てると思う。最低でも、『魔導師が出て来る可能性がある』っていう、牽制にはなるよね」

『魔導師への恐怖』に付随した形になるけど、今はそれでいい。交渉の場に引き出されれば、嫌でも各国の怖さを知ることになるもの。甘い対応をする腑抜けなんて、存在しない。

そこで改めて知ればいいじゃないか……彼らは、各国を率いる者達は。『実力者の国』と呼ばれるイルフェナにおいて、『魔導師と認められた者』が言うことを聞くだけの力があるのだと。

だが、セシルは私の提案に不満そうな顔になる。

「その予想は否定しないが、それではミヅキが悪し様に言われないか？」

「そうだね。だけど、それがどうしたの？」

「え……」

認めた上で、あっさりと言い切る私に、今度はセシルの方が言葉を失う。

「私が重要視するのは『結果』なんだよ、セシル。悪と言われようが、全然構わない。だって、『異世界人』で『魔導師であること』は、どうしようもないんだよ？　異端であることは変わらないの。だったら、それを逆手に取って利用するわ」

実際、よく突かれるのはその二点。そこに『民間人』という言葉が加わると、『異端だから、どんな扱いをしてもいい』的な発想に繋がるのだろう。

基本的に、私は相手の有責狙いで状況を覆す。それが可能なのは……『可能になっている』のは、無意識にそういった発想になる人達が多いからだ。


だから……私はそれを利用する。異端という理由で、大人しく屈服する気はないのだから。


「はは……そう、か。そうだな、ミヅキはそういう子だった！　私達をキヴェラから逃がす時も、『誘拐する』という建前を使って、コルベラや私達に非がないようにしてくれたのだから……！」

一瞬、泣きそうな顔になったセシルは、それでも苦笑を浮かべた。自分がそういった発想の恩恵に肖った過去がある以上、彼女達は私を諫める言葉を持たないのだろう。

「……では、私達は貴女を失わないよう動くまでですわ」

「エマ？」

声音に宿る力強さを察したのか、セシルが怪訝そうな声を上げた。それには構わず、エマはセシルを諭すように目を合わせる。

「宜しいですか、セシル。私達は事前にミヅキの計画を知ることができたのです。そして、私達はミヅキが必ず遣り遂げることを知っています。ならば、私達はミヅキを失わないよう動けば宜しいではありませんの。ミヅキが『自分を起点として、ハーヴィスに各国を恐れさせる』ならば、それを後押ししてやれば良いのです。幸い、ここには沢山の同志がいらっしゃいますわ」

「っ！」

「ミヅキが言ったことは『計画でしかない』のです。ならば、ハーヴィスがミヅキを批難することができないよう、結束すれば宜しいのですわ。ここには各国の上層部に連なる方達が集うでしょう。そして、どの国もミヅキとエルシュオン殿下の価値をご存知のはず。ハーヴィス如(ごと)きの批難など、蹴散らしてくださるでしょう」

他力本願な言い方になるのは、エマとセシルがこの計画を推し進めるだけの権力を持たないからだろう。だが、そういった決定を下せる存在と会話をし、交渉することは可能な立場である。

エマはセシルにコルベラ王と交渉し、望む結果になるよう誘導しろと言っているのだ。日頃からセシルの努力をすぐ傍で見ているエマだからこそ、セシルへの課題としたのかもしれない。

……そんなエマの姿に、ついつい微笑ましく思ってしまう。

こういったところは本当に、セシルの『お姉ちゃん』なんだよなぁ、エマ。ちょっとスパルタなところに武闘派侍女としての矜持(きょうじ)を感じるけど、基本的にはセシルの味方なんだから。

「……。判った、確かにその通りだ。今回、巻き込まれたルドルフ様は勿論のこと、当事者であるカルロッサもイルフェナの味方だろう。偶然とはいえ、ジーク殿達がイルフェナに居たのは幸いだった。ここに来る者達にも話を通せば、其々の国へと伺(うかが)いを立ててくれるはずだ」

「『今後も魔導師やエルシュオン殿下と懇意でありたいか』という方向からの提案ですから、『イルフェナの味方をしろ』という意味ではございませんしね。ハーヴィスに突かれても、全く問題ございませんわ。だって、味方をする価値のない彼の国が悪いのですから」

「……」

エマも中々に辛辣なようだ。セシルは割と天然だが、エマの方は判って言っているのだろう。さらりと発言しながらも、いい笑顔してるもの。

「とりあえず、この話はまだ内緒ね。魔王様にバレると拙いしさ」

絶対に止めにくるであろう保護者を想い、苦笑する。それは二人も同様で、どこか楽しげに頷いていた。

魔王様。今回、この場所に集ってくれたのは、貴方を案じる者ばかりではありません。『私の友人』でもあるのです。イルフェナに味方してくれる『協力者』ではありますが、同時に『私の協力者』にも成り得るのですよ。

……というわけで。

もう少し、大人しく寝ていてくださいね。大丈夫！　ゴードン先生が傍に付いていてくれるし、アル達も今回は置いていきますからね。

第二話　灰色猫は色々と察した

――イルフェナ王城・エルシュオンの部屋にて（シュアンゼ視点）

「挨拶が遅れて申し訳ない。もう大丈夫だと言っているんだが、医師が許してくれなくてね」

「お気になさらず。こちらこそ、押し掛けるような真似をしたのですから」

「いや、それが何のためかは理解しているよ」

目の前のエルシュオン殿下はつい先日、大怪我をしたばかりと聞いている。それも、他国からの襲撃によって。

見たところ、彼が未だに怪我をしているようには見えない。だが、それはあくまでも表面的なものだけだろう。人が寝込む原因は、怪我ばかりではない。

『あの魔道具、怪我を治すために使う魔力は、魔王様自身のものなの。要は、魔王様自身が魔法を使うみたいなものだと思ってくれていい。だから、怪我自体はすぐに治るけど、どうしても体への負荷がかかる。そういったものは、休むしか回復方法がないんだよ』

ミヅキはそう言っていた。敵に魔道具の存在を悟らせないためには、どうしようもないのだと。

ミヅキとて、保護者に負担をかけたいわけではないだろう。そもそも、彼女はエルシュオン殿下が本来は魔法を使うことができない――体への負担が大き過ぎるそうだ――と知っているのだから。

それでも、あえてミヅキ達はその遣り方を選択した。

ならば、それこそ彼女達が考える中での『最善』だったということ。


事実、エルシュオン殿下を襲った者達は魔道具の効果を目の当たりにし、酷く混乱していたと聞いている。つまり、『その道のプロが【助からない】と判断した状況を、魔道具の効果が覆した』わけだ。まあ、ミヅキの規格外さを知らなければ、信じがたい光景ではあったのだろう。

死神でさえ返り討ちにしそうな魔導師殿は、この世界の住人ではない。魔法がない分、人の努力によって様々な技術が生み出された世界の知識を持つ『異世界人』なのだ。

ミヅキはその叡智を『独自の魔法』という形にして使っているので、そのようなことも可能だったのだと思う。あまり気付かれていないが、あの子は大変な努力家なのだ。奇跡とも言える数々の所業を可能にしているのは、ミヅキ自身のたゆまぬ努力なのだから。

そう思った途端、己の心境の変化に気付いて苦笑する。いつの間にか、私の中にはミヅキへの無条件の信頼ができていたと悟って。

「……？　どうかしたのかい？」

「いえ、何も。ミヅキとゴードン医師の意地が貴方を生かしたのだと、改めて痛感したのですよ。……私とて、ミヅキが成した『奇跡』の恩恵を受けた者ですから」

そう言うと、エルシュオン殿下は納得したように頷いた。

「ああ……そう言えば、君は足が悪かったね」

「ええ。本来ならば、私は歩くことが不可能なのです。未だ、この世界では確立されていない術である以上、『奇跡』と呼ぶべきだと思っております。ミヅキはよく判っていないようですが……」


そう、本当に『奇跡』なのだ。それを成したミヅキだけが、今一つ理解していないだけで。


エルシュオン殿下もそれを判っているのか、苦笑しながら頷いている。その慣れた様に、私は一つの予想を立てた。

おそらくだが、これまでにも似たようなことはあったのだろう。それを隠蔽し、できる限り『己の保護下にある存在』と印象付けてきたのが、エルシュオン殿下なのだ。

それを知った者達が『過保護な親猫』と認識し、同時にあまりの過保護っぷりに呆れ、驚いたのだろう。そこまで守られる異世界人など、私も聞いたことがない。

……いや、『守ろうとしたけれど、守れなかった』という可能性ならあるか。煩い輩を黙らせるには、それなりに力が必要なのだから。

ミヅキの場合、忠誠を誓う猟犬達を配下に持つエルシュオン殿下が後見人となったことも、大きな幸運だったのだろう。ミヅキの周囲には常に、忠実な騎士の誰かが控えていただろうから。

勿論、それはエルシュオン殿下がミヅキを守ろうとすることが前提だ。今でこそ仲間として接しているようだが、初めの頃は彼らが盾となって守っていたはず。

少なくとも、ミヅキは自分の身を守れるだけの強さと人脈を得るまで、絶対にこの優しい保護者に守られていただろう。ミヅキ自身がそれに気付いていたなら、あの懐きっぷりも納得だ。


黒猫が恩を返そうとするのは、それなりの理由があったわけだ。

決して、後見人だからと無条件に懐いたわけではない。


「まあ、それも仕方ないのだろうね。ミヅキの世界には魔法がないらしいし、あの子曰く『この世界の治癒魔法と解毒魔法が私の世界にあれば、歴史が大きく変わっていますよ！』だそうだよ」

「二つともこの世界では珍しくはない、魔術師でなくとも使える初歩的な魔法なんですけどね」

「うん。だからこそ、ミヅキも絶対に覚えたかったみたいなんだけど……詠唱が正しく聞き取れない以上、どうしようもなかったんだろう」

「なるほど、ミヅキにも不可能なことはあったと」

この世界の魔法には詠唱が必須。異世界人には『言語の自動翻訳』という恩恵が与えられるため、会話に不自由はしないだろうが、思わぬ弊害があったらしい。

元から魔法が使える異世界人はともかく、この世界に来て魔術師になった異世界人の話なんて聞いたことがない。その裏には、こんな事情があったのか。

「それでも魔法が使いたかったらしくてね、結局は自力でどうにかしたのがミヅキだ。だから、キース殿達も努力できるんだろう。『不可能を可能にした実例』が存在する上、彼らの望みの方が難易度は低いからね」

「……確かに。それで彼らがイルフェナ……襲撃の場に居合わせたわけですか」

「私ができるのは、切っ掛けを与えることだけだよ。後は彼らの努力次第だろう」

当初、何故カルロッサの騎士達が騎士寮に居るのか不思議だった。いくら友人同士と言っても、場所が場所なのだ。他国の者が許可なく訪ねられるはずはない。

そんな私の問いに、彼らは顔を見合わせると、予想外のことを口にしたのだ。


『俺達がここに来て、騎士達と鍛錬をする許可をくれたのは、エルシュオン殿下ですよ』


特出した才を持つ友を孤独にしたくはないと……共に戦場に立ちたいのだと彼らは言った。その想いを酌んでくれたのがエルシュオン殿下であり、この騎士寮に暮らす者達なのだと。

おそらく、そこにはミヅキも含まれているのだろう。『遊んでもらう』という口実で、彼らを鍛える側に回っている気がする。魔法に関する知識や実践経験など、たやすく得られるものではない。

そこまで考えて、私は考えを改めた。これまでもエルシュオン殿下を善良な人だと思っていたが、実際にはそれ以上だったのだと思い知る。……思い至ってしまう。

目の前に居るのは、かつて『魔王』とまで言われ、恐れられていた存在。だが、それは大きな間違いであったのだ。

今回、イルフェナの味方になろうとしている者達は確かに、ミヅキと懇意ではあるのだろう。魔導師に恩を売りたいと考えているのも、事実だと思う。

――しかし、それ以上に、エルシュオン殿下に助けられたことがあったのではなかろうか？

ミヅキは基本的に極度の自己中であり、博愛主義者ではないと明言しているので、彼女の成した功績の幾つかは『善良な親猫からのお願い』があったに違いない。

そうでなければ、平和な決着などあるはずがないだろう。異世界人凶暴種とまで言われる生き物が、他国の未来まで案じてやる必要はないじゃないか。


謎がまた一つ解けた瞬間だった。あの子はやっぱり、ろくでなし（※本人の自己申告）！

ミヅキの賢さは、『親猫の希望を叶えるため』に発揮されるのであり、間違っても『その他の人々』のためではないのだ……！


特定の人間に対する情はあるだろう。だが、それ以外のことは全く考えていないに違いない。

だからこそ、外道やら、鬼畜と称される手段を躊躇わずに使うのだ……良心の呵責なんてものは『欠片も』存在していないだろう。そうでなければ、待つのは敗北のみなのだから。

ミヅキの評価が両極端なのは、こういったことに原因があったようだ。ぶっちゃけ、懐いている保護者の言うことを聞いている時のみ、『良い子』（意訳）になるだけである。

「ミヅキの幸運は、貴方のような保護者が居たことでしょうね」

様々な意味で。

心底、そう思う。その恩恵に肖った一人として、私もエルシュオン殿下への感謝を忘れまい。

「そうだと嬉しいね。異世界人の辿る末路が語られないのは、あまり表に出せないことが起きたせいだと思っているから」

「いいえ、もっと単純かつ大きな意味での幸運かと」

「え？」

「ミヅキが野放しになっていたら、この世界のあらゆるものを敵認定するでしょう。冗談抜きに、『世界の災厄』と化したと思いますよ？」

勿論、それは自衛した果てのことだ。『異世界人の魔導師』という稀有な存在を手に入れようと動く輩は当然いるので、その報復をするうちに、世界そのものを嫌悪しかねないじゃないか。

「ミヅキはその、かなり大雑把な考え方をする時がありますから……。『接触してくる貴族が嫌い』『国がウザイ』という感情から、『この世界に属する全てが嫌い』になる可能性は高いかと」

実際には、『可能性が高い』どころか、一年もてばいい方だと思う。

ミヅキの執念深さは相当なものなので、きっちりと反撃した挙句、二度と手を出せないように甚振るだろう。どう考えても、危険人物認定待ったなしだ。

「う……ま、まあね。だけど、手を出さなければミヅキは無害だよ？　……『相手をするのが面倒』っていう理由からだけど」

「少なくとも、ガニアは滅亡しかけますね。お恥ずかしながら、イルフェナからの客人であったはずのミヅキに対し、色々とやらかしましたから」

「そ、そう」

フォロー（？）していたエルシュオン殿下もガニアの一件を思い出したのか、顔を引き攣(つ)らせて沈黙した。……うん、あれはどう言い繕(つくろ)っても駄目だろう。自称どころか、冗談抜きに被害者であったはずのミヅキは、遠慮は要らぬとばかりに暴れまくったのだから。

「まったく、あの馬鹿猫は……」

報告だけで、ある程度を察しているらしいエルシュオン殿下には同情する。さすが、保護者。己が庇護下にある生き物の性格を熟知している模様。無駄な希望は持たないらしい。

室内に微妙な空気が満ちた。私とて、どう話を続けていいか判らない。お互い『ミヅキは凶暴』と知っているので、下手(へた)な誤魔化(ごまか)しができないのだ。

だが、そんな沈黙を破ったのは安堵(あんど)するような小さな笑い声。声の主は勿論、いつの間にか穏やかに微笑んで私を見ていたエルシュオン殿下。

「こんな時にどうかとは思うけど、君が思ったよりも元気そうで安心した。何より、ミヅキとは随分と仲が良さそうだ。君の事情は知っているけど、ご両親を追い落としたのはミヅキだからね」

これでも心配していたんだよ、と続いた言葉に、今度は私が言葉を失った。

「……気に、しないでください。そもそも、あれは本来、私の役目でした。こちらこそ、彼女にくだらない『汚名』を背負わせたことを詫びなければと思っていますから。勿論、貴方にも」

それだけは忘れてはならない。『ガニア王弟夫妻の処刑』は、今後も色々と突かれるだろうから。

いくらミヅキが正しいと判っていようとも、『異世界人が望んだ』という事実は消えないのだ。あんな連中のためにこの二人が泥を被るなど、あってはならなかったはず。

「それこそ、今更だよ。私は『魔王』で、ミヅキは『異世界人凶暴種』と言われているからね。一つくらい咎が増えたところで、私も、ミヅキも、気にしないから」

「しかし！」

「王族である以上、多かれ、少なかれ、泥を被ることになる。魔導師であるミヅキも同様だ。……ああ、それでも気にするなら、今後もミヅキの良き友人であってくれないかい？　私がいつでも動けるとは限らないからね」

穏やかに話すエルシュオン殿下に憂いは見られない。寧ろ、どこまでもミヅキと私を案じる気持ちがあるだけだ。

そんな彼の姿は、自己責任と言い切って、ひたすらに望んだ結果を目指すミヅキを思い起こさせた。……ガニアの一件の際、他者からの悪意や雑音ごときに折れぬ頼もしい背中に、常に前向きな言動に、私はずっと守られていたのだから。

ああ……この人は本当に優しいのだな。そして、どこまでも自分が守る側なのだろう。ミヅキはそんな保護者に守られたからこそ、似たような守り方をするのかもしれない。

「だけど、一つだけいいかな？」

「は⁉　は、はい、何でしょう？」

何故(なぜ)か、優しげな微笑みが妙な迫力を帯びた気がした。思わず、背筋が伸びる。

「君がミヅキの良き友人であることは非常に喜ばしい。……ただね、あの子をあまり甘やかさないでくれないかい？」

「は？」

「だからね？　ミヅキは止めなければ、どこまでも暴走する馬鹿猫なんだ。時には、叩いて躾(しつ)けることも必要なほどに」

「……」

待　て　。　何　故　、　今　、　そ　れ　を　口　に　し　た　？

「ルドルフは基本的にミヅキと一緒に遊んでしまうし……ティルシア姫はああいう方だろう？　セレスティナ姫に至っては、止める気配すらないんだ。これ以上、同類は要らない」

いきなり保護者としての話になったようだ。これが噂の、親猫としての姿だろうか。

と言うか、会話に一番力が入っていないかな⁉　重要視するのはそこですか！

エルシュオン殿下は何を思い出したのか、僅(わず)かに怒りを滲ませた笑顔で話している。その内容
……いや、話に出てくる『ミヅキの困った友人達』の名は、どこの国でも一度は聞いたことがある

人達ばかり。

特に、隣国の王は問題ではなかろうか……？　『ミヅキと一緒に遊んでしまう』と言っているけど、彼が王である以上、自国からはほぼ動けまい。

ならば、その『玩具』に選ばれているのは間違いなく、ゼブレスト貴族の誰かのはず。

「まったく、困った子達だよね。まあ、苛められて、潰されるよりはいいんだけど。やるなら一度、私に報告しろと、あれほど言っているのに」

「え」

「うちの子が騒々しいのは事実だけど、言い掛かりをつけた挙句、平均以下の能力しか持たない雑魚に攻撃される謂れはないよ。だから、遣り過ぎたら叱るけど、基本的に自分で遣り返すことを推奨している。それくらいできなくてはね」

ちょ、待って。親猫様、その教育方針、怖っ！

私の気持ちはこれに尽きた。ただ、保護者の心境になっているのか、エルシュオン殿下は溜息を吐きながらもどこか楽しげだ。しかも、何やら黒い発言が飛び出しているような。

だが、それらを聞かされる方はたまったものではない。

聞いてはいけない話題であることは確実だ。何故、それを私に暴露した⁉

予想外の事態に、私は内心、冷や汗ダラダラだった。まさか、常識人の救世主と名高い――勿論、ミヅキが原因だ――エルシュオン殿下の口から、このような話題が飛び出すとは……！

平静を装いつつも、私は盛大に混乱中。そんな私の心境に気付いていないのか、エルシュオン殿下はにこやかに告げる。全てを見透かすような深い蒼の瞳が私を捉え、緩く口角が上がった。

「君はあまり甘やかさないでね？」

「……はい」

それ以外に、何を言えと。

ただ、エルシュオン殿下は私の返事に安堵したのか、雰囲気を和らげている。

「ガニアは北の大国だ。そして、君は今後、『行動』するようになるだろう。私とて、君とは友好的でありたいんだ。それなのに、ミヅキに釣られて問題児と化すようでは困るだろう？」

「そ、そうですね。というか、なりたいと思っても、ミヅキのようになるのは無理だと思いますが」

「だろうね！　あの子みたいなのが簡単に量産できるなら、この世は騒動だらけだろう」

「……」

エルシュオン殿下は楽しそうだが、その笑みが微妙に怒りを帯びているのは気のせいではないだろう。どうやら、彼は自身が寝込んでいる間、ひたすらに黒い子猫を案じていたようだ。ただし、『あの子、また何かやらかしていないだろうね⁉』という方向で。

そんな彼の姿を見ながら、騒々しくも頼もしい友人の姿を思い浮かべ……私は沈黙することを選択した。今回ばかりは仕方ない。そう、自分に言い訳をして。

ガニアの第二王子としては、エルシュオン殿下の言葉に頷くべきなのだろう。だが、ミヅキは私にとって恩人であり、友なのだ……今回ばかりは私も襲撃に思うことがあるため、ミヅキの味方をしてしまおう。ガニアにとっても、それが最善と思えるのだから。

なに、『ミヅキが水面下で動いている気がするけれど、確信がないから、黙っていただけ』だ。証拠、大事。予想で人を不安にさせてはいけない。特に、回復したばかりのこの人は……！

……。


……ミヅキ。とりあえず、今回は一緒に親猫様に叱られようか。

それもまた、楽しい思い出だよね？　……多分。

幕間

小話其の一『エルシュオン殿下とゴードン医師』

――エルシュオンの寝室にて

「ほう……シュアンゼ殿下はそのようにお考えでしたか」

「ああ。ミヅキも言っていたけれど、彼は相当前から両親を見限っていたんだろうね」

そう言って、エルシュオンは苦笑する。その表情に憂いはない。あるのは心配事が一つ減ったという安堵だけ。顔色も随分と良くなったようだ。

実のところ、エルシュオンは未だ、仕事に復帰してはいない。体調を考慮した結果、というのが一番の理由だが、実際にはハーヴィスを警戒してという意味もあった。

なにせ、あちらは何をするか判らない。王女アグノスへの監視も期待できない上、『他国の王族を襲撃すること』自体を望む一派が居る可能性までが浮上しているのだ。警戒するなという方が無理であろう。

現在、イルフェナに滞在している各国の『ミヅキの友人達』とて、それは十分に理解している。

……そこに自分達が巻き込まれる可能性すらも。


それでも、彼らはイルフェナにやって来た。

自国に情報をもたらす役目を担(にな)い、同時に友を案じるゆえに。

その『友』にはミヅキだけでなく、エルシュオンも含まれている。多くの者はそれを察したからこそ、勝手なこと——他国への情報提供——をしたミヅキに強く言えないのだ。

なお、最もこの事態を喜んだのはイルフェナ王妃——エルシュオンの母である。

彼女はエルシュオンのことを昔から案じ、過剰な守りはできないながらも、ずっと信じていた。自分の魔力が高かったことがエルシュオンを孤独にしている原因――魔力の高さ――を作り出したと落ち込む一方で、それを他者のせいにせず、ひたすらに努力する息子を見守ってきたのだ。

エルシュオンはもはや、孤独ではない。見守っていた者達の想いにも気付いている。

エルシュオンは多くの者達に慕われる存在であり、小さな黒猫の『親猫様』なのだ。

……まあ、その『慕っている者達』が無暗やたらと有能だったり、凶暴だったりするのだが。

周囲に訳アリ人間が集ってしまったことでエルシュオンの善良さが浮き彫りになったので、その程度は仕方のないことなのだろう。奴らの箍が外れ、世間に顔向けできない行動に出ようとする時はエルシュオンが止めるのだから、きっと問題はない。……多分。

「アルジェント達の話を聞く限り、シュアンゼ殿下はミヅキと変わらず仲が良いようです。ミヅキが諭したのか、元からそれが目的だったのかは判りませんが、騎士寮で他国の者達と親交を深めているようですよ」

「ふふ。いいじゃないか、逞しくて。それくらいでなければ彼は今後、やっていけないよ」

「……。まあ、そうですな。将来的な成長はともかく、今のシュアンゼ殿下には味方がおりません。下心を持つ輩を警戒しながら形だけの繋がりを持つより、ミヅキが接点となっている者達と縁を繋いだ方がいいでしょう」

先ほどの一時を思い出したのか、エルシュオンはどこか楽しげだ。彼は心底、シュアンゼが化けることを願っているのだろう。

「ガニアの貴族達の大半はシュアンゼ殿下を疎むか、居ない者として扱ってきただろうからね。その評価を覆すどころか、恐れられる存在になるよう足掻くというのだから……面白いじゃないか。大人しそうな顔をしているくせに、結構な野心家だ」

「ミヅキやご自分を思い起こさせますかな？」

小さく笑いながらもシュアンゼを評価するエルシュオン。そんな彼へとゴードンは問い掛けた。

ゴードンにとっては目の前の青年とて『結構な野心家』なのである。事実、エルシュオンは『高過ぎる魔力』というハンデを持ちながら、何一つ手放すことなく、現状に至っているじゃないか。

はっきり言って我儘なのだ、エルシュオンは。幾つかの物を手放せば得られた平穏には見向きもせず、望んだ未来しか要らぬとばかりに努力してきたのだから。

その結果、エルシュオンが得たのは、あの騎士寮に暮らす猟犬達。主に不甲斐ない姿を見せられぬとばかりに努力してきた彼らを育てたのは、間違いなくエルシュオンなのだ。

「そうだね、キース殿達とは違うけれど……今度は『誰か』が成功する様を見届けたい気持ちはあるよ。ミヅキは私が何かしなくとも、勝手に成し遂げていくからね」

「ああ……『足りない部分は努力と根性、不屈の精神で補えばいい』でしたかな。まさか、有言実行するとは思いませんでしたが」

「他の人が後を追おうにも、あれは参考にならないよね」

二人は揃って何とも言えない表情になった。彼らとて、ミヅキの努力は認めている。認めてはいるのだが、どうにもミヅキ自身の性格が多大に反映された結果ということも理解できているため、『無理』という一言に尽きた。


突き抜けた自己中にして、目的のためなら手段を選ばない外道。それがミヅキ。

そんな奴が複数出たら、各国は大迷惑だろう。混乱・騒動待ったなしだ。


「参考にならないと言うより、犯罪者予備軍を育成するわけにはいかないんだよね」

「ジークフリート殿ならば、可能そうな気がしますが」

「不吉なことを言うのは止めようね⁉ 実行されても、責任が持てないじゃないか！」

慌てて止めるエルシュオンに、ゴードンはひっそりと笑みを浮かべる。——『こんな時間を過ごすことも、私の願いであった』と、思い出して。

かつてのエルシュオンは常に気を張っており、こんな風に慌て、声を荒げるなど、あり得なかった。それは信頼できる者が相手でも変わらず、彼の孤独を突き付けられる結果になっていたのだ。

それが今や、声を荒げ、笑い、叱り、配下達を信頼し、時には他者を気遣う余裕を見せている。

少々、周囲の目を忘れがちになってしまうのは、そんな変化をもたらした黒猫の破天荒さゆえ。

「そう心配せずとも、シュアンゼ殿下やキース殿達は大丈夫でしょう」

なにせ、彼らが追う背中は『あの』自己中娘を懐かせた偉大な親猫様。エルシュオンの辿った道を知るからこそ、彼らは決して諦めまい。そして、猟犬達や黒猫は彼らを応援する親猫の役に立つべく、陰ながら支えるのだろう。

多くの者が勘違いをしているようだが、シュアンゼやキース達の目標になっているのはミヅキではない。エルシュオンなのだ。

そうでなければ、救いの手なんて差し伸べまい。過去の己と重ねているからこそ、エルシュオンにはシュアンゼ達に必要なものが見えていた。……その切っ掛けになれればと、何の打算もなく思えたのだ。

シュアンゼ達とて、差し伸べられた手を取らなかっただろう。他国の王族から向けられた綺麗事(きれいごと)や哀れみなんて、彼らは信じまい。信じられたのは、救いの手を差し伸べたのがエルシュオン――自分達以上に苦労しながらも、望んだ『現在』を勝ち取った人だからである。

「騒々しいながらも、楽しき時間。幼い頃からの夢が叶いましたなぁ？」

途端に口を噤(つぐ)み、顔を赤らめるエルシュオンを前に、ゴードンは声を上げて笑った。

※※※※※※※※

小話其の二『ルドルフ君とミヅキちゃん』

——ルドルフが滞在している客室にて（ルドルフ視点）

「……」

『それ』を持ってミヅキが現れた時、俺は一体、何が始まるのだろうと思った。

「ええと……その、ミヅキ？　お前は一体、何を始めるつもりだ？」

「え？　何もしないけど」

『今は』と続いた気がした。それはセイルや同行していたアルジェントも同じらしく、『おやおや』などと言って笑いを堪えている。

……。

親猫不在だからといって、職務怠慢は良くないぞ？　アルジェント。

形だけでもいいから止めろよ、守護役。何をするかは知らんが、俺まで共犯扱いされるだろ⁉

ま、まあ、それがハーヴィスへの報復ならば、喜んで共犯になるのだが。立場上、俺は絶対に動けない。ならば、ミヅキの共犯になるしかないじゃないか！

勿論、その時には俺の代わりにセイルを同行させるつもりだ。セイルは正式なミヅキの守護役の一人なので、同行理由としては十分なのだから。

ただし、俺がセイルに望むのは『ミヅキと一緒に暴れて来い。ついでに映像その他を宜しく』ということだけどな！

勝手な理由でエルシュオンを害され、俺自身も狙われたんだ。誰が大人しく泣き寝入りなんてしてやるものか！

なお、すでにアーヴィには報告済みだ。それでも何も言ってこないどころか、俺がイルフェナに滞在するのを許しているのだから、アーヴィ的には『言葉はなくとも許可します』というところなのだろう。

まあ、そんなことはともかくとして。今は『それ』の理由を聞こうじゃないか。

「とりあえず、説明を求む。というか……それ、お前の？」

「うん！」

笑顔で頷くミヅキ。……うん、こいつの本性を知らなければ、微笑ましい光景に見えるのかもしれない。本当に、『ミヅキが見た目そのままの、年頃のお嬢さんだったなら』な！

そう思えるほど、『それ』はミヅキの性格を知っていると、違和感のあるものだった。

「可愛いでしょー！　似てるでしょー！　親猫様（偽）！」

「お……親猫様（偽）ぇ……？」

ついつい、ジト目になってしまう。ミヅキが満面の笑みで抱えている――本当に抱えている。子

供くらいの大きさなのだ——のは、巨大な金色の猫のぬいぐるみ。

その毛色といい、上質さを感じさせる様といい、どう考えてもエルシュオンを彷彿とさせるものだった。印象的な蒼い瞳が、俺達を見守る彼の優しい眼差しを思い起こさせる。

「ガニアで孤立奮闘していた時に、クラレンスさんから渡されたんだよ」

「ああ、彼はアルジェント殿の義兄だから……」

義弟の婚約者を気遣ったんだろう、と言いかけた俺の言葉は、ミヅキによって遮られる。

「近衛騎士からの贈り物だってさ。しかも『頑張れますよね？』って、トドメ刺された」

「え」


それって、もしかしなくとも、『結果を出しなさい？　できないなんて許しませんよ？』という、近衛騎士達からの脅しなんじゃ……？


思わず、顔が引き攣る。敵の最中に単独で滞在しているミヅキに対し、何を言っているのだ。

良い方向に考えれば『それが可能だと信頼している』と受け取れるだろうが、ぬいぐるみを渡した相手は『近衛の鬼畜』とすら言われるクラレンス。

彼は実力で伸し上がった典型のような人物なので、冗談抜きに脅迫一歩手前の応援だったのではあるまいか。本人の性格的にも、やりかねない。

……まあ、ミヅキもバッチリそれに応える性格をしているので、問題はなかったようだが。

魔導師と言えども、様々な不安要素を持つ異世界人相手にこの扱い。贈り主が近衛騎士と言っていた以上、それが近衛の総意ということだろう。やはり、イルフェナの皆様は普通ではない。

「で、それがどうしたんだ？　ここに持って来る意味は一体……？」

当然の疑問を口にすると、ミヅキは俺に近寄って来て。

「はい、貸してあげる」

俺にぬいぐるみを差し出してきた。

……。


おい、俺にどうしろと？


「ルドルフ寂しそうだから、貸してあげる。貸すだけだよ、あげない」

「いやいや、俺は成人男子であってだな……」

「魔王様に似てるでしょ？　私もガニアでは貴重な癒しとして、抱き枕にしてたんだよね」

「ああ……」

どうやら、ミヅキにもストレスを感じる繊細さが存在していたらしい。思わず、『お前にそんなまともな感情があったのか！』と感動しかけた俺に、ミヅキは容赦ない追い打ちを行なった。

「最終的に〆る奴って、王弟夫妻＋αくらいじゃん？　だけどさ、ウザイ貴族は結構居たんだよね。だから『覚えてやがれ、いつか殺す』って親猫様（偽）相手に、呪いの言葉を吐いてた」

「どこが『癒し』だ！　お前の呪いを一身に受けてるじゃねーか！」
「仕方ないでしょ！　寝る時くらいしか、恨み言を吐けなかったんだもん！」
「う……た、確かに」
「でしょー？」

即座に突っ込むも、当時のミヅキの状況を思い出し……思わず納得してしまう。報告を聞いた時、『よく途中で報復を思い止まったな？』とは思っていたのだ。ミヅキの性格上、『覚えていろ！』なんて言葉を吐こうものなら、その場で完膚なきまでに叩きのめすからな。

なお、その理由は『覚えているのが面倒だし、後から報復されても記憶にないから』。

……これを聞いた時、俺は思った。『お前、報復を試みた奴に謝れ』と。

相手は万全の準備を整えて報復に挑むというのに、ミヅキ的には『誰、あんた？』で終わる。一度、これをリアルに聞いてしまった時、仕掛けた奴の顔には絶望感が漂っていた。

あんまりな光景にミヅキを諭せば、前述した台詞を言われたのだ。ミヅキは遊んで楽しい玩具ならば覚えているし、後々も遊ぼうとするが、それ以外は『そんなこともあった』程度にしか覚えていないのである……！

大馬鹿野郎だ。本当に、本っ当に！　どうしようもない自己中なのだ。

仕掛けてくる奴に同情したのは、これが初めてだった。馬鹿猫扱いも納得だ。

「ふわふわだし、抱き心地もいい。何より！　魔王様によく似てる！　名前も親猫様（偽）」

「安直な」

「ちなみに、魔王様にはこれの前足の間に収まるサイズの子猫のぬいぐるみが贈られていたみたい。だから、そっちは子猫（偽）って呼ばれている」

「え」

「二匹揃って、魔王様の執務室が居場所です」

「へ、へぇ……エルシュオン、随分と微笑ましい場所で仕事してるのな……」

それしか言えまい。エルシュオンの執務室を訪れた者達の困惑する様が目に浮かぶ。

「だからね、これを抱き枕にしてルドルフも頑張って」

「何を頑張るんだ、何を」

「ん～……魔王様への負い目とか、心配？　一応、魔王様はあんたを庇（かば）ったことになってるし、夢見て魘（うな）されてそう」

「っ！　あ、ああ、そうだ、な」

……驚いた。ミヅキにそこまで見透かされているとは思っていなかったから、咄嗟（とっさ）のことで取り繕えない。

実際、ミヅキの言う通りなのだ。俺は一度見たり聞いたりしたことは忘れないため、時々だが、あの時のことを夢に見る。エルシュオンが無事だったことは知っているので、それ自体は大丈夫なのだが……エルシュオンを失うと思った時に感じた感情——絶望や喪失感——までは上手く消化できていない。

ただ、これればかりは仕方がないと思っている。過去のことも含めて、俺はまだ『自分のせいで誰かを失う』という感情、その恐怖を、完全に制御できてはいないのだから。エルシュオンのことで一時的にそれを思い出し、今は少しだけ不安になっているのだろう。

そもそも、俺はもうあの頃のように何もできない子供ではない。その自覚がある以上、過去は過去でしかなく、過ぎ去った記憶と割り切るべきなのだから。

だが、ミヅキには俺のそんな決意など関係ないらしく。

「大丈夫！　親猫様（偽）が一緒だから、よく眠れるよ！」

「何だよ、その自信は」

呆れながら尋ねると、ミヅキはぬいぐるみを俺に押し付けた。

「だって、ぬいぐるみだろうとも親猫様だよ？　これだけ似てるんだよ？　ルドルフが苦しんでいるのを放置するなんて、絶対にあり得ない」

「え……」

「それにね、私の世界には『付喪神』っていう、『長い年月を経た物には神が宿る』っていうものもあるんだよ。あんたもさっき、これが『私の呪いを受けた』って言ってたじゃない。試す価値は十分にありだ！」

受け取ったぬいぐるみは物凄く手触りが良く、その蒼い目は俺を映している。今にも鳴き声を上げそうなぬいぐるみは紛れもなく、エルシュオンを模した物なのだろう。

……俺でさえ、似ていると思ってしまうのだから。

金色の猫のぬいぐるみは俺を案じてくれていた友人を思い起こさせ、自然と肩の力が抜ける。

「判った。ありがたく借りておくよ」

抱きしめるように抱えれば、ミヅキは満足げに笑った。

――その後、悪夢は見ていない。

第三話　王妃は覚悟を決める

――ハーヴィスにて（王妃視点）

「……」

無力感に苛（さいな）まれながらも、私はこれまでのことを思い返していた。

アグノスの仕出かしたことを切っ掛けに、彼女と周囲の者達のことを調べた結果――『アグノスのみが悪い』とは言えない状況だと気付いてしまったのだ。

アグノスが『血の淀み』を持つことは事実であり、その点だけは他国にも同情してもらえるとは思う。だが、彼女の置かれた環境を突かれた場合、どう頑張っても『国の管理不足』という事実に行き当たってしまう。

アグノスは母親を亡くしていることもあり、最も近くにいたのは乳母である女性。それだけでなく、アグノスの周囲には彼女に同情的な者達が集められていた。

それはいい。そこまではいいのだ、乳母や周囲が母親の代わりにアグノスを慈しみ、教育してやればいいのだから。

私とて、そう思っていた。報告されていたことだけを見る限り、それで問題はなかったのだから。

……が、事実は報告と異なっていた。

「あれは『哀れな生まれの主に同情し、仕える者達』ではない。あれでは『主の望みが第一の信奉者』じゃないの」

乳母はまだしも、アグノスの周囲には彼女の望みを第一とする者が多過ぎた。稀に諫める者が出ても、彼らはその人物を敵と認識し、排除する始末。

これでは、まともに育つはずがない。愚かにも、アグノスの教育と軌道修正を担う者を排除し、『可哀想な精霊姫』に仕立て上げたのは間違いなく、その周囲。

「亡くなった乳母は……かの側室様のご実家から付いて来たはず。ならば、仕える家のお嬢様が産んだ子が大事なのは仕方ない。きっと、主から頼まれていたでしょうし」

何度か言葉を交わしたことがある乳母はとても責任感があり、アグノスを守ることが使命と思っているような人だった。そんな人物がアグノスの最も近い位置に居るからこそ、私は安心していたのだ。これは陛下も同じ認識だった。

だが、私達は忘れていたのだ……彼女は『私達に忠誠を誓う者ではない』ということを。

『アグノスを最優先に考える者』ならば、どんな事情があろうとも彼女を守るだろう。だが、それはあくまでも『乳母の価値観が主体になる』という前提が付く。


王女としての在り方を知らない……その責務を理解できない者に、王女の教育などできるはずがない。だって、『知らない』のだから！


アグノスは公務こそ外されているが、それでも『王女』という立場に変わりはなかった。ならば最低限、『王女として、やってはいけないこと』は教えなければならないはず。

「『御伽噺に依存させる』という発想までは良かったと思うわ。だけど、いつまでも子供ではいられない。新たな物語を作り上げ、そこに現実を少しずつ混ぜながら、『お姫様がしてはいけないこと』を教えるべきだった。あの子は『御伽噺の中』ではなく、『現実』に生きているのだから」

それならば、アグノスとて今回のような暴挙には至らなかったように思う。『他国に迷惑をかけてはいけない』『王女の行動の責任を取るのは、時として国である』……この二点を理解しているだけでも、十分に防げた事態ではないか。

理解させることは難しいかもしれない。それなりに手間もかかるし、大変だとは思う。

だが、アグノスのことを想うならば……罪人となる未来から切り離したければ、絶対にやっておくべきことだった。どれほど嫌がったとしても、アグノスのためなのだから。

……だからこそ、私は疑問に思う。

乳母にその知識がないのはまだ判る。彼女は王族専門の教育係ではないし、アグノスを守りたかっただけなのだから。

言い方は悪いが、乳母は『常にアグノスの味方となり、甘やかし、時に諭す』という役割だ。いくら何でも、彼女に全ての責任を押し付ける真似などできはしない。

すると当然、こう思うだろう――『アグノスの教育係は不在なのか？』と。

他国とて、それを疑問視するはずだ。いくら『血の淀み』を持っていようとも、それなりに話が通じる状態――会話が不可能なほど精神に異常が出ている場合、可哀想だが、幽閉が常だ――ならば、王女としての教育がなされるはず。

「捕らえたアグノスの信奉者達は口を揃えて『アグノス様の心を乱すような存在は要らない』と言ったけれど、そうなったのは御伽噺に依存させたことが原因じゃないの。御伽噺の世界を信じているなら、現実を教える教育係は彼女の世界を壊す邪魔者でしかない」

アグノスが癇癪（かんしゃく）を起こすのも当然である。教育係が教える『現実において必要なこと』と、周囲の者達が教える『御伽噺の世界』、その二つが交わることなどあり得ない。

アグノスは学習能力が高いと報告を受けているから、彼女はその二つを自分の中で上手く融合できなかったに違いない。アグノスにとっては、どちらも等しく『教えられたこと』なのだから。

乳母がその歪さに気付き、少しずつ現実に近づけていく努力をしていれば、アグノスとて混乱などしなかっただろう。寧ろ、私達が気付き、そういった役目を担わなければならなかったはず。

――だが、アグノスが最も信頼したであろう乳母は数年前に亡くなってしまった。

そうなると、周囲にはアグノスの信奉者しか残らない。これでは彼女の歪みを正そうとするどころか、増長させてしまうだけ。


アグノスは自分の仕出かしたことを『理解していない』のではない。

『それが悪いことだと、知らなかった』のではあるまいか？


似ているようで、全く異なっている二つの認識。後者だった場合、アグノスは己が罪を理解できまい。無知だと責められようとも、『知らないことはどうしようもない』じゃないか。

だからこそ、あのように朗らかに……何の罪悪感もなく、自分がしたことを認められたのではなかろうか？　悪いことだと知らなければ、罪悪感など抱きようがないのだから。

常識を持つ者からすれば、アグノスの態度は得体の知れない恐怖さえ抱かせるほど奇妙に映る。

だが、それらを知らないアグノスからすれば、何故、咎められるのか判るまい。

そう思い至った時、私は思わず唇を噛んだ。

アグノスが哀れだ、とても。大人達の勝手な願いに流されるままの、あの娘が。
母の死、『血の淀み』、周囲の環境……全てが悪い方向に活かされてしまっている。

こんなことならば、陛下の反対を押し切ってでも、アグノスの教育に口を出せば良かった。乳母との衝突はあったかもしれないが、彼女とてアグノスの未来を案じた一人……必要なことだと理解できれば、良き同志となったはず。

問題なのはアグノスの信奉者とも言うべき者達だが、彼らとてそういった教育の重要性や、知らなかった場合に起こる『悲劇』を教えれば、良い協力者になったかもしれない。

「哀れな子……周りの者達の愚かさ、好意の間違った在り方が、あの子を罪人にしてしまった」

無邪気な、子供のような顔で笑うアグノスを思い出す。穏やかに生きる未来もあったはずなのに、周囲によってそれを潰されてしまった『犠牲者』。

それでも、成したことは罪なのだ。すでに行動してしまった以上、私達は国としての対応をせねばならない。イルフェナやゼブレストとて、許してはくれないだろう。

「ごめんなさい。私は貴女を庇えない……王妃として、この国を第一に考える者として、貴女を庇うわけにはいかない。だけど、貴女をそんな未来に誘導した者達も許す気はないわ」

僅かに目を眇(すが)める。アグノスの周囲を探るうちに気付いた、『あること』を思い出して。

「確かに、あの子の信奉者は多かった。だけど、『全てではない』。私達への報告を怠り、状況の発覚を遅らせ、今回の事態を心待ちにしていた者達。その心がどこに向いているのかは判らないけれど、必ず炙り出してみせましょう」
　イルフェナからの抗議を餌に、処罰を声高に叫ぶ者達を探る。私達に罪がないとは言わないけれど、アグノスを『利用』し、己が望みを叶えようとする者達に勝利をくれてやる気はない。
　この期に及んでアグノスを憐れむばかりの陛下に愛情などないが、国が乱れることを私は望まないのだから。できる限りの罪を背負って、この国を守ってみせましょう。

　それがハーヴィス王妃たる私の矜持であり、アグノスへの贖罪だ。守ってやることはできないけれど、あの子だけを『愚かな姫』で終わらせはしない。

「国の未来を憂う気持ちは同じ。けれど、目指す未来や掲げた正義が『同じとは限らない』。私はこの国の変化を願ったけれど、それは自分達の手で成し遂げるからこそ意味があり、根付く。泥を被る覚悟もない卑怯者達には、相応の罰が下るでしょう」

　――だって、彼らが喧嘩を売ったのはイルフェナなのだから。

　私は民間に流れる魔導師の噂が正しいとは思っていなかった。彼女の功績は薄っぺらい正義感で成し遂げられるような……物語のように、犠牲を伴わないで成し遂げられるようなものではない。噂として流れていないだけで、それなりに追い落とした者達が居るはずなのだ。それなのに、批難の声が上がっていないというのならば。

国か、魔導師か、その両方か。それとも魔王と呼ばれる王子の配下達か。

誰が動いたかは判らないが、彼らはそういった輩を『許さなかった』のだろう。

特に、今回はエルシュオン殿下が襲撃されている。直属である『最悪の剣』は勿論、かの王子の配下と自称している『異世界人の魔導師』とて、動くだろう。

彼らに『アグノスと襲撃を行なった者達が悪い』なんて言い訳は通じまい。そもそも、イルフェナはそんな稚拙（ちせつ）な言い分に騙（だま）されてくれるほど甘い国ではないのだ。

「必要ならば、私の首を捧げましょう。陛下とて、逃げることは許しません。ですが、退場するのは『この一件の加害者に該当（がいとう）する全ての者達』です」

情けない話だが、私では炙り出す程度が精々（せいぜい）だろう。だからこそ、王妃としての最期の責任――首を捧げつつ願うのだ。

『どうか、この一件の【加害者全て】に処罰を。特に、アグノスを利用した者達は許さないで欲しい。あの子を利用しようとした者こそ、此度（こたび）の元凶です』と！

……そうでなければ、あまりにもアグノスが哀れではないか。

周囲の言葉に流され続けた無垢（むく）な子供、それがアグノス。エルシュオン殿下襲撃において主犯という立場にあろうとも、彼女は紛れもなく被害者なのだから。

「罰は受けねばなりません。ですが、貴女だけが悪いとは思いません」

貴女の真実をイルフェナに話し、罪に寄り添いましょう。母親ではなく、距離を置いて見守っていただけの私だけれど、慈しむ気持ちはあったのです。

それが私なりの愛情であり、責任の取り方なのだから。

第四話　親猫と大型犬

――イルフェナ王城・エルシュオンの部屋にて（エルシュオン視点）

「折角、訪ねて来てくれたのに、このような状況で申し訳ない」

「いいえ、とんでもない。ご無事で何よりです」

謝罪の言葉を口にすれば、即座に目の前の人物が微笑んで無事を喜んでくれた。

バラクシン国第三王子レヴィンズ殿下。王族ながら、騎士として在籍する彼は少々、真っ直ぐ過ぎるところがある。

だが、その分、彼の言葉や表情には嘘がないので、好感が持てる人物だった。だからこそ、私の胸に湧くのは『安堵』だった。

……。

彼がミヅキの玩具にならなくて、本当に、本っ当に良かった……！

キヴェラのサイラス殿を見る限り、ミヅキには『好意的に見ているけど、からかって遊ぶ』という気の毒な人々が存在する。その分、十分過ぎる見返りがあるとはいえ、本人の精神的な疲労は半端ない。サイラス殿は本当に気の毒だ。

さすがに『王族を玩具にして遊ぶ』ということは避けている——敵となった場合は除外——ようだが、ルドルフやシュアンゼ殿下のように『一緒に遊ぶ』（意訳）ということもやらかすため、気が抜けない。

イルフェナや私に批難が向けられるような状況にしないとはいえ、飼い主としては些か思うところがあるのだ。アホな黒猫は何をやらかすか判らないし。

そんなろくでもないことを考えていると、レヴィンズ殿下は表情を曇らせながら話し出した。

「今回の目的はフェリクス達の謝罪……ということになっています。あの子達は現在、貴方に面会できるような身分ではないため、先触れ兼後ろ盾として私が同行しました」

「ああ、それはそうだろうね」

まさか『君がミヅキの玩具にならなかったことに安堵していたんだ』とは言えず、無難な返事をしておく。……バレなければいいんだ、バレなければ。

そもそも、彼の言っていることも事実であり、本来ならば、フェリクス達が私に会えるはずはない。襲撃された直後ということもあり、ミヅキでさえ気軽に会えなくなっているのだから。

……その分、私の不安は増したのだが。

国は一体、何を考えているのだ。今のミヅキを野放しにするなんて、危険過ぎるだろう⁉

いくら騎士寮に住む騎士達がミヅキの監視を担っていようとも、今回ばかりは彼らはミヅキの味方になるに違いない。彼らがそうするだけのことがあったのだ……ミヅキ同様、私への襲撃に憤ってくれていることだけは確信できる。

以前と違い、今は素直に認めることができていた。これも私自身に変化があったからだろう。

そして、そう感じるのは彼らに対してだけではない。

今回、イルフェナを訪れている者達の目的は情報収集――多分、ミヅキは警告を促す意味で暴露したはずだ――だろうが、私を案じる気持ちもあると聞いている。

名を聞かされた面子を見ても、私達と関わりがあった者達ばかり。決して暇なはずはない彼ら自身が、わざわざ足を運んでくれた意味を察せないほど、私は愚かでいるつもりはなかった。

そう、目の前の人物もその一人。私の姿を見た時に見せた安堵の表情は、明らかに無事を喜んだことによるものだったのだから。

「彼らの努力は聖人殿経由で聞いている。こう言っては何だけど、母親を離したことが正解だったね。身内を大事にするのは良いことだと思うけれど、無条件に味方をするべきじゃない」

「そう、でしょうか。カトリーナは自覚のないままフェリクスを利用していましたが、母親として慈しんでいたことも事実だと思うのです。フェリクスとて、未だに胸中は複雑だと思います」

憂い顔のレヴィンズ殿下は本当に、弟を案じているのだろう。彼とて、カトリーナ達の被害を受けた側だろうに、それでも母の真実を突き付けられたフェリクスを案じている。

彼のこういったところは好ましい。王族としては厳しさが足りないような気もするが、それは彼の婚約者であるヒルダ嬢が補えばいいだろう。

「それでも、彼女がフェリクスどころか、『国にとって』害悪だったのは事実。フェリクスに責められるようなことになったとしても、君達王家の人間が選ぶのは国なんじゃないかな」

言い切ると、俯きがちになっていたレヴィンズ殿下が顔を上げる。

「君達家族は本当に仲が良いのだろう。だけど、優先順位は国が最上位だ。それにね、もっとフェリクスのことを信じてあげてもいいと思うよ？」

「え？」

「彼は『自分で今の状況にあることを選んだ』んだ。言い方は悪いけど、『母親よりも妻を取った』んだよ。それに、教会への預かりの身となったことは事実だけど、努力する日々に満足しているようだ。……一度夢から覚めて現実を知れば、かつてとは違った選択をしても不思議じゃない」

「……」

フェリクスが母親であるカトリーナから押し付けられた『理想の王子様像』は、すでに壊れてしまっているのだ。今後、いくらカトリーナがフェリクスに縋(すが)ろうとも、以前と同じ選択をすることはないと思う。

——今の彼の世界を構築しているのは教会に属する者達であり、妻であり、道を違えてなお、案じてくれる『家族達』なのだから。

特に『道を違えてなお、案じてくれる家族』という存在が大きい。縋るばかりのカトリーナとの、明確な比較対象になるじゃないか。

妻であるサンドラとて、一方的に夫に求めることはしないだろう。自分が寄り添い、支えることを知っている子だ。

そもそも、カトリーナは聖人殿から害悪認定されている。ミヅキというカトリーナの天敵を友に持つ彼の守りを無理矢理突破し、フェリクスに接触しようとするならば……まあ、それなりの覚悟は必要だろう。

予想されるのは、ミヅキに完膚なきまでに叩きのめされる地獄絵図。

現実になったところで、私は絶対に止めないが。

ミヅキは『カトリーナはフェリクスの母親』『バラクシンは他国』『相手は貴族』といった事情を綺麗に無視して報復するため、本当に容赦がない。……そんな配慮をするような子ではない。

普通は無理だが、それを実行した挙句に勝利するのが、『異世界人凶暴種』とまで言われるミヅキという魔導師なのだ。当たり前だと言わんばかりに功績全てを王家に譲った上で、お咎めなしを狙うだろう。被害は加害者（になるはずだった者達）オンリー。

おそらくだが、フェリクス達が何も知らないうちに事件は解決（意訳）し、全てが闇に葬られる。その場合、意外と黒いところがある聖人殿がミヅキ召喚の元凶なので、教会は一丸となってミヅキの協力者と化すに違いない。組織力とは偉大である。

……ああ、聖人殿が慈愛に満ちた笑みを浮かべたまま、フェリクス達を誘導する姿が目に浮かぶ。

「まあ、今は起きてもいないことを憂いても仕方ないよ。……君が来た以上、今回の件に対する王家の意見が聞けると思ったんだけど？」

うちの子の友人達は、揃ってこんな奴ばかり。アル達も大概だけど。

嫌な予想を振り払うように話題を変えれば、レヴィンズ殿下の表情が変わった。あくまでも予想の範囲でしかなかった問い掛けだが……合っているらしい。

「此度の件、表向きは『教会の過去に纏わること』という状態ですが、王家はこれが再び、国の分裂を招く事態を引き起こすことを懸念しています」

「……王家に何か不都合が？」

「……。教会にかつて『聖女』と呼ばれた存在を押し付けたのは、当時の王家ですから」

「ああ、そういうこと」

『血の淀み』が出やすいのは、血が濃くなる身分の者達……特に王家は一番可能性が高い。下手に他国と婚姻を結べない時代はどうしても、自国の高位貴族との婚姻になるからだ。

しかし、そういった者達はどこかで血が繋がっているのが常であって。

結果として、『血の淀み』が出やすくなってしまうのだ。まあ、大戦以降は不安定な時期が続いたので、それはどの国も同じだろうけど。

「今現在、教会派貴族達はかつての勢いを削がれていますが、だからこそ、王家の粗を探そうと躍起になっているのです。ですから、『全ての発端はバラクシン王家であり、教会は被害者だ』と言い出しかねないと」

「こじつけに近いけれど、否定もできないか。確かに、『聖女』として誘導したのは教会だろうけど、『そうしなければならなかった理由は当時の王家にある』と言い出せば、否定できないだろうね」

「はい。無責任と言ってしまえば、それまでです。どのような事情があって教会預かりになったかは判らない……いえ、隠蔽されているのですが、それでも教会に押し付けたと言われてしまうと」

そう言って、レヴィンズ殿下は黙り込む。事情が隠蔽されている以上、『そうしなければならなかった』のだとは思う。だが、あの教会派では盛大に騒ぎかねない。

そこに加えて、それが発端となっているらしき精霊姫による私への襲撃。バラクシン王の憂いも当然だろう。

……が、私にはその憂いを消す『最強の切り札』があった。

「バラクシンがこちら側に付くなら、君達が懸念している事が起きた際、ミヅキを派遣しようじゃないか。あの子、ここぞとばかりに暴れてくれるよ」

「は？」

「ミヅキはね、今回の一件に相当、怒っているんだ」

怒れる黒猫は恐ろしい。ただでさえ凶暴なのに、今回は周囲の者が『誰も』止めないのだ。そもそも、監視なんて付けたところで、あの子が相手では無駄だろう。

ならば、玩具候補は多い方がいい。バラクシン王家と話し合いながら潰す相手を決めるなら、特に問題はないだろう。双方納得の上でのことなので勿論、我が国が批難されることはない。

「ですが、それならば魔導師殿の怒りは王家に向くのでは？」

「ああ！　そっちを心配しているんだね。大丈夫、それは起こらない。だって、聖女を作り出した当事者達がもう死んでいるからね」

ミヅキは基本的に加害者本人へと牙を剥く。いくら元凶が王家だったとしても、当事者達が死んでいる以上、八つ当たりはしないだろう。精々、当事者達の墓を蹴りに行くくらいだ。

……だが、教会派貴族達が騒ぐのなら、それは別問題なのである。

「その際のミヅキの怒りは、『私への襲撃を、自分達の都合の良いように利用しようとしたこと』に対してさ。これは『今現在、起きる可能性があること』であり、元凶……騒ぐ奴は生きているからね。報復、待ったなしだよ」

「え」

「聖人殿も嬉々としてミヅキに協力するだろうから、騒いだ教会派貴族達は今度こそ破滅するかもね。他国からの目だって、厳しいものになる。抗議しても、批難されるのがオチだろうよ」

――第一、今の教会にとって、『煩い教会派貴族』は敵じゃないか。

そこまで言えば、レヴィンズ殿下も納得できたのだろう。思案顔になりながらも、否定する声は上がらなかった。

レヴィンズ殿下はこういったことに疎い方だが、そんな彼でも教会の現状は理解できている。現在、資金難になりがちな教会へと餌をチラつかせ、己が勢力に組み込もうとする輩が居ると知っているのだろう。

また、教会派貴族のそういった動向を察したミヅキが、せっせと物資援助をしていることも知っているに違いない。寄付ではなく、何かしらの理由を見付けては生活に必要な物を送っているため、教会派貴族達も批難できず、彼らの思惑は防がれているのだ。

なお、ミヅキは善意百パーセントでこういったことを行なっているわけではなかった。ミヅキ的には『カトリーナを含めた教会派貴族の好きにさせたくない』という想いからの行動だが、第三者からすれば、魔導師が友人である聖人殿を助けているようにしか見えなかったりする。

『魔導師善人説』はこういったことから生まれているのだろう。

実に温度差があるというか、現実とは程遠い認識の果ての産物なのだ。

「……。こちらの返事は決まっております。我らは『貴方達に感謝をしている』。此度の一件、どちらに付くかなど、問われるまでもないでしょう」

「おや、こちらの話に乗ると？」

「交渉ですらないでしょう。貴方はただ、我々に手を差し伸べてくれただけだ」

「……っ」

穏やかな表情で微笑まれ、咄嗟に言葉が出ない。『そんなことはしていない』――そう否定しようにも、確かに、レヴィンズ殿下の言ったような意味も含まれていたことは事実だ。

他国の者が、私からの提案を好意的に受け取るということなど、これまではほぼなかった。慣れていない好意と感謝は、妙に気恥ずかしい。

……そんな変化をもたらしたのは間違いなく、あの異世界産の黒猫なのだ。

どこまでも自分勝手な魔導師は、飼い主たる私への悪意を晴らすためならば悪戯の手を一時止めて、『自分は飼い主の意向に従っているだけだ』と主張する。

その言葉を受けた者達が悪意ある噂に踊らされることを止め、私を冷静な目で見てくれるようになった。それだけのことだが、以前の私からすれば、考えられないほど周囲は穏やかになったのである。

その分、ミヅキが危険人物認定された気がするが、本人曰く『事実じゃん』とのこと。……少しは否定しろと言いたくなったのは、余談であろう。

「貴方のような保護者がいるから、魔導師殿もその意向に沿った決着を目指すのでしょうね」

「……。否定はしないよ。放っておくと、ミヅキはどこまでも暴走するから」

「ふふ、微笑ましいです」

ああ、まったく！　あの子は本当に予想もしない結果をもたらすね！

第五話　王妃は楽しげに微笑む

――イルフェナ王城・王妃の私室にて（イルフェナ王妃視点）

「うふふ……エルは未だ、気付いていないようねぇ」

「……。王妃様、随分と楽しそうですね」

ついつい楽し気な口調で呟けば、護衛としてすぐ傍に居たジャネットにそう返される。やはり、彼女の目から見ても浮かれて見えるのだろう。

勿論、今がそのような時ではない――己が息子であり、この国の第二王子が隣国の王と共に襲われ、負傷したのだ――ことくらい、私だって理解できている。

だが、仕方ないではないか。生まれ持った体質ゆえに、随分と理不尽な評価を受けてきた子が、これほどまでに愛されていると実感できるのだから！

その息子……エルは生まれながらに高過ぎる魔力を持っていた。そして、その魔力によって引き起こされる威圧から、長い時間を孤独に過ごしてきたのだ。完全に一人にならなかったのは偏に、理解ある少数の者達ができる限り寄り添ってくれたからに過ぎない。

彼らが意図的に関わらねば、エルは本当に一人になっていただろう。あの子は優しい。無自覚の威圧に怯える者達のことを気遣い、きっとどこかに引き籠もってしまう。

何より、エルに向けられた負の感情はそういった『どうしようもないもの』が原因になっていたばかりではない。

容姿、能力、身分……そういったものへの僻み、王族である以上は避けられない『様々な悪意』。それらがエルより劣る、もしくは何らかの形で敗北し、劣等感を抱く者達は、挙ってあの子を『魔王』などと言い出したのだ。


ふざけるなと言ってやりたかった。あの子はひたすら努力したではないか。

その結果さえ、悪意を向ける要因にするなんて……！


それでも私自身が庇うわけにはいかなかった。王妃が個人的な感情で動けば、そういった輩はそれさえもエルを侮る理由にしてしまう。何より、エル自身が私に守られることを拒否したのだ。

『この程度の悪意に耐えられねば、将来的に潰されるだけです』

……返す言葉がなかった。それは事実であると同時に、エル自身に逃げる気がないことを知ってしまったから。

幼馴染達との誓いはいつしか、エルの支えとなり。エルもまた、彼らの主に相応しい王族となる未来を見据えていたのだろう。

結局、子供達の覚悟を軽く見ていたのは私達……『味方気取りの大人達』だけ。

良くも、悪くも、この国の気質を強く受け継いだ子供達には、『逃げる』という選択肢など最初から存在しなかったのだろう。今はただ雌伏し、時が至るのを待っているだけだったのだ。向けられる悪意さえ、自身を鍛えるためのものであると、そう割り切って。

悪意の視線には、余裕のある笑みを返し。

悔し紛れに呟かれる言葉を逆手に取り、より相手を追い込み。

誰より結果を国に捧げて、あの子達は己が居場所を自分の力で築いたのだ。

その結果、より『魔王殿下』や『最悪の剣』といった印象が強くなってしまったが、侮られるよりはマシと判断したのだろう。事実、エルは立派に『強者（つわもの）』となってみせた。悪意を持って噂する者達が圧倒的に多い中、エル達は見事にそういった輩達を捻（ね）じ伏（ふ）せたのだ。

他国にさえ恐れられる『魔王殿下』の真実に気付く者とて居ただろうが、そんな者達は極（ご）少数（く）。

味方が極端に少ないせいか、エルとエルに忠誠を誓う騎士達の絆はとても強固になっていく。

……それもまた、エルを恐れさせる要素になってしまったのだが。

ただでさえ、王族に接する時は緊張し、粗相を恐れるのだ。そこにエルの威圧が加わり、更には『主を傷つける輩は許さない』と言わんばかりの騎士達が両脇を固めている。

『恐れるな』という方が無理だろう、どう考えても。

騎士達の過剰な警戒とて、その必要性も理解できるため、改善されるはずがない。

本当に、『どうにもならない状況』だったのだ……『彼女』がこの世界にやって来るまでは。

「エルは少し、思い知ればいいのよ。あの子、ルドルフ様のことはともかく、自分のために国が動くことは大袈裟だと思っているようだから」

「お労しい限りです。幼い頃より、殿下は悪意を向けられ過ぎました」

「そうね、それも一つの原因でしょう。だけど、あの子自身、国への貢献が『存在を許される理由』みたいに思っていた節があるわ。確かに、王族とはそういうものでしょう。でも、立場に沿った役割を果たしてなお、個人の幸せを望むことが許されないわけじゃない」

一言で言えば、エルは必死になり過ぎたのだ。そして、それが当たり前になってしまった。

エルが出した功績の数々は、彼自身の努力によるもの。それなのに、いつの間にか周囲が『魔王殿下ならばできて当たり前』という認識をしてしまっていた。

エルからすれば、『期待されている』とも『一種の脅迫を受けている』とも言える状況であろう。

『結果を出さねば、ここに存在する意味はない』――それは幼い頃からエルが散々、突き付けられたことだったのだから。

確かに、無能な王族など、どんな国でも要らないだろう。だが、エルの場合は少々、事情が異なっていた。『威圧が原因で、親交を深めるような外交には向かない』という事実は、エル自身に全く非がなくとも、立派にマイナス要素として扱われるのだ。

実際には、それなりに外交をこなしているのだが、その成果でさえも『威圧によって、相手が畏縮してしまったから』などと言い出す輩がいる始末。

エルもこういったことに対する対処は不慣れらしく、『君達がそう思いたいなら、それでもいいよ。重要なのは結果を出すことだから』などと返してしまうものだから、余計に相手は煽られ、悪感情を募らせてしまう。


我が子の意外な不器用さが判明した瞬間だった。

ろくに人と接してこなかったことが、ここで影響を及ぼすなんて……！


「だからね、私は酷いことを言っていると言われようとも……ミヅキがこの世界に来たことに感謝しているのよ」

くすりと笑う。目撃した数々の『楽しいこと』を思い出して。

「あの子には野心なんてない。偏見どころか、柵さえないわ。だから、『与えてもらった好意』を『同じかそれ以上』に返してくれる。ミヅキの懐き方が不思議だという人達は一度、『これまでの異世界人の扱い』を調べてみればいいのよ」

「そう、ですね。そこに気付けば、自然と殿下の善良さが浮き彫りになりましょう」

「こんなことは言いたくないけれど、異世界人は良くて『飼い殺し』ですものね」

勿論、そうしなければいけない理由も理解できている。だが、異世界人からすれば、たまったものではない。あくまでも『この世界側の事情』であり、被害者なのだ。

そんな状況とミヅキの現状を比べたならば……『誰がその差を作ったか』なんて、明白のはず。

「もっとも、可愛らしい黒猫ちゃんの『恩返し』は、随分と物騒なようだけど」

思い返して、ついつい笑いが込み上げる。あれは『恩返し』というには随分と……その、遊び心に満ちていたのだから。

思い出すのは、数ヶ月前のこと。たまたま一人で居たミヅキに、絡んだ貴族達がいたのだ。しかも、ミヅキを心配する振りをして、エルに対する悪意を刷り込もうとする醜悪っぷり！

……が。

各国の王達と渡り合い、数々の修羅場（しゅらば）とも言える状況を生き残ってきた黒猫は逞しかった。

『判りました！　皆さんは自分が比較できる状況にないからこそ、魔王様の有能さが理解できないんですよね？　では、その場を設けましょう！』

『は？』

『各国の友人達に頼んで、外交の場をセッティングしてもらいます！　あ、勿論、身分差云々とか言われないために、皆さんと同格の身分の人を用意してもらいますね。そこで皆さんが結果を出せなければ、ただの言い掛かりと気付くでしょう。ちなみに、これはきちんと外交案件にカウントされるので、国へ貢献するチャンスでもあります！　……断りませんよね？』

『それはっ……だ、だが、君の友人ならば、我々に不利ではないかね⁉』

『あはは！　何を馬鹿なことを言ってるんですか！　貴方達が先ほど口にした案件、魔王様の相手をしたのは宰相と王じゃないですか。彼らが魔王様の威圧に怯えたとか言っている時点で、すでに喧嘩を売ってますって。……ん？　同じ人の方が良いってことかな？　それでも構いませんが、確実に負けますよ？　だって、あの時の魔王様の交渉相手はカルロッサの宰相閣下とアルベルダ王のウィルフレッド様じゃないですか。戦狂いの脅威や、自国の内乱を抑えきった猛者ですけど』

『な……⁉』

『まさか、知らずに魔王様を馬鹿にしていたとか言いませんよねぇ？　私でさえ、相手をしたくない人達ですけど、お望みならば、頼んであげますよ？　……正式な外交案件なので、無様に負けたら家ごとヤバそうですが』

『ま、待て！』

『ちなみに、断れば魔王様や宰相閣下、アルベルダ王ウィルフレッド様への不敬罪確定。あと、異世界人を取り込もうとした罪が加算されますねぇ？』

……貴族に囲まれてなお、この態度。相手の誤解を解こうとするように見せかけて、しっかりと相手を追い込んでいる。飼い主を馬鹿にされ、黒猫はお怒りだったらしい。

その後、本当にカルロッサとアルベルダに交渉し、家柄が同格の相手を用意してもらっていたことには呆れたが。一体、あの子の人脈はどうなっているのだろう……？

なお、同格の相手にすら負けた貴族達には、エル直属の騎士達からの報復が待っていた。『エルシュオン殿下への不敬罪で処罰されるのと、個人的に私達の怒りを買うのと、どちらがよろしいですか？』とは、その中核になっていたアルジェントの言葉である。

……。


確かに、不敬罪という『一族郎党が拙い状況になるもの』よりは、『本人だけが死んだ方がマシな目に遭うもの』を選ぶ。家族や何も知らない一族の者達に罪はないのだから。

エルが慌てて止めたようだが、彼らを激怒させた者達は痛感したことだろう……『魔王殿下は本当に優秀であり、ヤバイのはあの異世界人と騎士達だ』と！

ミヅキ達はエルに説教されていたようだが、彼らは揃って満足そうであったと聞いている。絶対に、誰も反省などしていない。

と、言うか。

ミヅキを構う自分の行動が周囲にどう見られているか、エルは知っているのだろうか。

「エルもねぇ……真面目にやっているつもりらしいけど、あの状態なんだもの。あの子、自分がすっかり親猫じみた行動をしているって自覚、あるのかしら？」

「……」

目を逸らしたジャネットに、私の考えが単なる杞憂ではないことを知る。そう、周囲の『猫親子』という認識には……エル自身にも十分な原因があるのだ。

「ミヅキを伴って歩く時のエルってね、時折、ちゃんと付いて来ているか確認するように振り返るのよ。ミヅキも歩幅が違うせいか、小走りになって追う時もあるし」

偶然、見掛けたエルとミヅキの姿は、本当～に猫の親子のようだった。寧ろ、そうとしか思えない。次点で、飼い主の後を付いていく飼い猫。

だが、見ている方からすれば和むと言うか、非常に微笑ましい光景であって。猫好き達からは『尊い』とさえ、言われているものだったのだ。

ちらちらと子猫（＝ミヅキ）を気遣う親猫（＝エル）に、子猫は必死に付いていく。高く結い上げた髪を尻尾の如く揺らしながら、小走りで親猫の後を追うのだ。

そして、時にはミヅキを叩いて叱る。エルのそんな姿はどう見ても、躾をする親猫だった。後見人は普通、叩いて庇護対象を躾けない。

……。

エル……貴方こそ、親猫と言われても否定できないわよ？

だが、和むのも事実であった。寧ろ、日々の癒しとして見守る者の気持ちもよく判る。そもそも、エルからそのような言動を引き出す者など、これまで存在しただろうか？

ミヅキがエルを恐れていないことが、一番の理由ではあるのだろう。だが、エルの態度も随分と砕けたものになっている。はっきり言って、女性に対する扱いではない。

叩き、叱り、呆れ、その果てにジトっとした目でミヅキに睨まれて。それでもエルと騎士達がミヅキに向ける眼差しは、『信頼できる仲間』を見るような温かいもの。

そこまでされれば、嫌でも気付く。ミヅキは……エルや騎士達を、自分なりの遣り方で守っているのだと。エル達に『当たり前の日々』をもたらす一方で、意図的に、自分の管理者としてのエルの善良さを周囲に知らしめているのだ。

どちらか片方が一方的に守るのでなく、互いに守り合う関係。

それはあまりにも、エルと騎士達の関係に酷似していた。

アルジェント達がミヅキを仲間と認識するのも、当然というものだ。自分が泥を被ることになろうとも、守るべくは主たる存在。ミヅキと騎士達の『唯一』が共通している上、自己犠牲を厭わぬ態度は騎士達には成し得なかったこと。

『国に仕えるか、否か』……その違いを存分に活かし、ミヅキは飼い主たるエルを守っている。その根底にあるのが己の生活というあたり、ミヅキらしいのだろうけど。

「叱られても、叩かれても、あの子はエルの傍に居たがるわ。本当に、猫みたいよね……大好きな人の傍に居たいことは勿論だけど、そこが一番安全だと知っているのよ。だから、飼い主が害された時は躊躇いなく牙を剥く」

黒猫の忠誠はとても単純だ。エル以外があの子に対し、『守る側』という認識をしたからこそ、あの子はエルを飼い主に定めた。その苦労を察せぬ子ではないし、判断力にも優れている。

――誰だって、居心地のいい場所で生きていたいじゃないか。

それがとても得がたいものであることを知ったならば……叶えてくれた飼い主に悪意を向ける輩なんて、消し去ってしまいたいに違いない。

「あの子は自分を『化け物』と称しているし、エルを飼い主と認識しているけれど、それはごく当たり前の感情なのよ。『そこまであの子を守り、人として生きさせてくれたのが、エルだけだった』……勿論、今は違うわ。だけど、あの子が何もできなかった『最初の段階』でその選択をしたのは、エルだけ。だから、ミヅキはエルを無条件に信じている」

最初に守ったのも、好意を持って接したのも、エルだけだった。利用する気がないどころか、保護者としての立場を選んでいる。それは今も変わらず、エルにとってミヅキは庇護対象。

おそらくだが、ゼブレスト王もそれを察している。だからこそ、ミヅキが……己が親友と呼ぶ存在が、エルに懐く姿を当然と認識しているのだろう。

恩には恩を。

悪意には悪意を。

ミヅキの行動理由なんて、そんなものだ。だが、単純だからこそ強い。自分のことなど全く考えない『忠誠』だからこそ、ミヅキはエルの望んだとおりに遣り遂げようとするのだろう。

賢く優しい親猫に守られた子猫が、親猫の背を追うのは当然のこと。少々、凶暴過ぎるような気もするが、傍に居るのがあの騎士達なので、大人しさを要求するのは無理というものだろう。第一、彼らは自国からさえも恐れられているじゃないか。

「ふふ……エルは今度こそ自覚するわ。自分がこの国に必要とされていること、そして他国にさえ、危険を承知で守ろうとしてくれる存在がいることを！　今はハーヴィスの返事を待っているけれど、個人的には許してあげたいくらいよ。エルの自己評価が覆るかもしれないんですもの」

私だって、『実力者の国』と呼ばれるイルフェナの王妃なのだ。ならば、この事態を利用したっていいでしょう？　私は『魔王』と言われた王子の母ですもの！

そもそも、私は祖国アルベルダにおいて、王であった実の父を追い落とした者の一人。対外的には従兄弟（いとこ）であるウィルフレッドが王位を簒奪（さんだつ）したことになっているが、その後押しをし、彼を庇護し続けたのは、当時はアルベルダの王女であった自分である。

一国の王女として生まれ、相応しい教育を受けたからこそ、私は躊躇わなかった。

王族としての矜持が私を奮い立たせ、立ち向かう理由となり、時に残酷な決断をさせたのだ。

決して、『親の言いなりになるばかりの、大人しい姫』ではない。必要ならば、父の首さえ括ってみせたと言い切れる。そうならなかったのは、賛同者達が頑張ってくれたからに他ならない。

同じ覚悟を持ったのは、王となった従兄弟も同様だった。冷徹な判断ができるくせに、意外と情に脆い従兄弟は……拾った異世界人を弟分と公言するような情の厚さを見せる一方で、歯向かう者達を容赦なく消し去っていったのだから。

従兄弟がその心を闇に染め上げなかったのは、保護した異世界人が彼に味方してくれたからだろう。ミヅキと知り合いらしいその異世界人――グレンは、己が持つ英知を従兄弟のためだけに使い、王位へと導いてくれた。

部外者ゆえか、グレンは本当に容赦なく『敵』を退けた。

正義や悪などどうでもいい、兄のような保護者……主のためだけに。

ミヅキから教えを受けたというグレンが成し遂げたことを知る私からすれば、エルの状況の変化はミヅキの功績に思えて仕方ない。

あの異世界人達は本当に自己保身など考えず、結果を出すことに拘るのだ。その副産物で己が化け物扱いされようとも、全く気にしない。寧ろ、それさえ利用する逞しさを持っている。

と言うか、自分が評価されることに興味がないのだろう。功績を受け取るのが……世間に評価されるのが、自分でなくとも構わないのだ。望んだ結果を出すためならば、世界中に悪と罵られても構わないとさえ考える自己中心的な存在。それがミヅキとグレン。

「ミヅキは何も言わないし、周囲の声を気にしない。他者から称賛されることさえ、望まないのだから。だけど、エルだって相当よ」

そもそも、エルは気付いているのだろうか？　目覚めてから初めに気にしたことが、『騎士達の処遇』と『ミヅキ』ということに。

普通に考えれば、王族失格である。というか、これまでは絶対にしなかった反応だ。

「健気な黒猫は怒り心頭ですもの。猟犬達だって黙ってはいないでしょう。唯一、彼らに『待て』を命じることが可能な存在がエルなのよね。……私達がそれを望まない以上、ハーヴィスとは『後悔のない遣り取り』をすればいいと思うの。勿論、どんな状況になろうとも、私が選ぶのはこの国よ？　だけど、怒っていないはずはない。私もあの子の母親なのよ」

国として、きっちり対応はする。だけど、これほどに他国からのお客様が来ている以上、『ほんの少し』、ミヅキ達から目を離してしまっても仕方がないことだろう。

いくらミヅキの性格が知られていようとも、エルの騎士達が危険な存在であろうとも、優先すべきは彼らではない。各国からの要人達に相応しい扱いができねば、国の恥となるじゃないか。

なに、『お客様』をこちらに向かわせた各国とて、優先順位はイルフェナと同じはず。その扱いにも納得してくれるだろうから、『多少の見逃し』ならば責められまい。そもそも、押し掛けてきたのは各国の方である。

「エルがいなければ、本当にあの子達は言うことを聞かないものねぇ」

「……そうですね。殿下が唯一、言うことを聞かせることが可能です。ですが、今は当の殿下が静養中。これぱかりは仕方のないことでございましょう」

「そうよね、仕方ないわよね」


——だって、全てはハーヴィスの自業自得ですもの。


そんな気持ちのままに、ジャネットと微笑みを交わす。長い付き合いの友人である彼女とて、エルのことを案じ、ミヅキを可愛がっている一人……お気に入りの『猫親子』が見られない日々に、お怒りなのだ。

その元凶達への情など、あるはずもない。それでもエルを納得させるためには、大人の対応を心掛けなければならないのだ……つい、子猫と猟犬達に期待してしまうのも仕方のないことだろう。

「どうなるのかしらね？」

今後の騒動を予想し、私は口元に笑みを浮かべる。エルが見たら顔色を変えそうな笑みを浮かべたまま、私は今後に思いを馳せた。

第六話　騎士寮は今日も賑やか

――騎士寮にて

「ほう、レヴィンズ殿下が付き添いとしてきたのか」

「お兄ちゃんだし、一番無理がないんじゃない？　……表向きは」

アル経由でもたらされた情報に、私とクラウスは納得の表情だ。まあ、フェリクス達が来るなら、王家が派遣する同行者――護衛兼後ろ盾――としては妥当だろう、と。

何せ、レヴィンズ殿下はフェリクスの実兄。それも弟を可愛がっていたらしいので、『様々な意味で』今回のような場合は適任だろう。

――あまり言いたくはないが、国王派がフェリクスに好意的とは限らない。

フェリクスが本来の家族である国王一家と道を違える(たが)に至った発端こそ、フェリクスの生まれなのだから。フェリクスの母であるカトリーナはただのアホだが、フェリクスは教会派貴族達の期待の星。賢く育っていれば間違いなく、次代の王を競わされていただろう。

……当然、国王派としては警戒する。彼らにとって、フェリクスは教会派貴族達の駒。

フェリクス自身に野心があろうと、なかろうと、彼が『教会派貴族側の王子』であり、『カトリーナを増長させた原因』であることは事実なのだから。

結果として、フェリクスは国王派から疎まれてしまった。家族の絆に罅を入れた一因は間違いなく、『国王派に属する者達が抱く忠誠心』だ。

似たような状況として浮かぶのは、ガニアのシュアンゼ殿下だろう。王太子のテゼルト殿下とは兄弟のように仲が良いのに、『王弟の実子』という事実だけで国王派から疎まれ、挙句の果てに命を狙われたもの。

当のフェリクスは王籍を外れたけど、フェリクスの母親であるカトリーナは未だに健在だ。側室でなくなっても、彼女は貴族籍を持つ。煩い教会派貴族達だって残っている。

これまでが『(自分達の思い通りになる)良い子』だった以上、あいつらがフェリクスを簡単に諦めるはずはない。逆らう姿を予測できないとも言える。これは国王派貴族から見ても同様。

Q・ならば、国王派貴族がどういった行動に出るか?

A・念のため、フェリクスを殺す。

冗談抜きに、こういった発想になる奴が出るだろう。そんな輩にとって、今回のイルフェナ訪問は大チャンスだ。事故に見せかけて、フェリクスを暗殺できる。

なにせ、バラクシンではフェリクス達が教会預かりとなっているため、迂闊(うかつ)に手が出せない。教会を襲撃、もしくは教会での暗殺なんてやらかせば、教会派貴族達が盛大に騒ぐ。信者達だって黙っちゃいない。

だが、イルフェナへと向かう道中、もしくはイルフェナ国内ならば……お貴族様御用達の『不幸な事故』（意訳）が起きてしまっても不思議はないわけで。

つーか、奴らが狙うならば、間違いなくそれだ。『魔王殿下が襲撃され、負傷した』という事実がある以上、誰もがイルフェナやその周辺が危険な状況だと、認識しているだろうからね。別目的の襲撃があったとしても、十分に誤魔化せるもの。

……王族であるレヴィンズ殿下が彼の信頼する部下達と共に、フェリクス達の護衛に選ばれた本当の理由はこちらだろうな。ただ、フェリクス達には『エルシュオン殿下に会う以上、王族の後ろ盾が必要』と説明した模様。

それも事実なんだけど、本命の理由はこちらな気がする。単なる『後ろ盾』ならば、戦える人間達で周囲を固める必要はない。王からの書を持たせた高位貴族を同行させればいいだけだ。

「……で？　国王派の連中は仕掛けてきた？」

「おや、物騒ですね？」

「このチャンスを活かせないような、お馬鹿じゃないでしょ。『不幸な事故』が起こるには、最適な環境じゃない」

確信をもって問いかければ、アルが笑みを深めた。……ああ、こりゃ来たんだな。やはり、そういった迷惑をかける意味でも、レヴィンズ殿下自身が魔王様に面会してるのか。

「彼らとしては不安なのですよ。現在の教会には貴女との繋がりもありますし、今後、フェリクス殿が力を得る可能性もありますから」

「私は聖人様と親しいけれど、王家ともそれなりに付き合いがあるよね？　特に、アリサの後見人のライナス殿下とか、未来の第三王子妃のヒルダんとか」

「不安要素は要らない、ということでしょう。カトリーナが大人しくなれば、まだ警戒を解けるのでしょうが……彼女に反省を期待するのは無理かと」

「やっぱり、そっちか！　それが原因かい！」

予想通りの答えに舌打ちをすれば、アルは苦笑した。アル達もカトリーナを実際に目にしているため、私と同じ考えに至っていたのであろう。

つまり……『あのクソ女が反省なんざ、するわけねぇ。都合が悪くなったら、絶対にフェリクスに縋ってくる』と。

「こう言っては何ですが、国王派貴族達の思い込み……というだけではないと思います。今は大人しくしているようですが、教会派貴族達が彼女を利用しないとも限りませんからね」

「実際、未だに教会を己が勢力に取り込もうとする奴がいるんだ。警戒するのは当然だな」

アルに続き、クラウスまでもがその可能性を口にする。特に、クラウスが言っていることは事実であるため、アルの予想が否定できない。

「純粋に末の息子夫婦を案じているバラクシン王としても、行動を起こされなければ、彼らの処罰に動くことは難しいでしょうしね」

「今回のことで動けるって？」

「……警告程度はできるでしょうね。そもそも、貴女は『バラクシンの貴族』が嫌いですから」

意味ありげに笑うと、アルとクラウスは私の方を向く。ほうほう、なるほどね。『それ』がバラクシン王の狙いかい。

ＯＫ！　そういうことなら、任せておけ！　勿論、期待に応えてあげようじゃないか！

「そうね！　教会派とか関係なく、私はアリサの一件で『バラクシンの貴族が嫌い』と言っているもの。魔王様がこんな状況なのに、それを利用しようとするならば……怒ってもいいよね？」

「勿論」

「当然だろう」

即答。にやりと笑った私に対し、二人も嫌な感じに笑みを深めた。

「フェリクス達は善意でイルフェナに来ているし、それは聖人様からも伝えられている。だから、私達が敵認定した奴らと教会は無関係。気に入らないのは、そんな状況を利用しようとする連中であって、派閥は関係ないもの」

そう、フェリクス達は関係ない。後日、『こんなことがあったんだよ！』と報告はするけれど、『今は』完全に部外者だ。そもそも、フェリクスはすでに王族ではないため、『知らなくてもいい情報』ですからねー、これ。権力争いなんて、無縁の立場さ。

フェリクス達に伝えられるにしても、今回の一件が落ち着いてからだろう。あの二人はすっかり過去と決別した気になっているので、自分達に価値があるなんて考えてはいない気がする。

なお、これは聖人様情報。手紙にも『あの子達の目的は謝罪と感謝を告げることだが、教会に属する者として動いている』とあったので、二人からすれば、貴族達の派閥争いなどは完全に過去のことになっているのだろう。

私としても新たな生き方を見付けた彼らを応援したいし、今更、派閥争いに巻き込ませたくはない。よって、今回、彼らに向けられた悪意は実に好都合だった。

だって、『魔王様襲撃に便乗した連中（バラクシンの貴族）』VS『魔導師』にする気だもの。

そこにイルフェナからの苦情が加われば、バラクシン王は『お前ら、この時期にイルフェナで騒動を起こすなんて馬鹿か？　あの魔導師は【バラクシンの貴族が嫌い】って言ってるだろ⁉　国を滅ぼしたいのか！』といった感じにお説教が可能だ。

そこで教会派貴族達が調子に乗るかもしれないが、そうなったら『お前らはすでにリーチを食らっているが？　後がない奴は黙ってろ！』とでも言って、現状を思い知らせてやればいい。

私がせっせと教会に援助物資を送っていることを絡め、『お前らの行ないを、魔導師は知っているぞ？』と脅……いやいや、教えてあげれば絶対に黙る。

当たり前だが、これは魔王様達への襲撃とは別問題なのだ。魔王様達への襲撃を利用しようとしたからこそ、怒る人々がいるだけさ。

私達は未だ、奴らが魔王様に向けた悪意を忘れてはいない。報復の機会は逃しませんよ。『不幸な事件』を利用しようとするのは、お互い様。そうでしょう……？

「エルへの襲撃は許しがたいですが、それを機に我が国へとやって来られる方々との繋がりを見せ付けられるという意味では、良いことと言ってしまえるでしょう」

「そうだな。一方的にこちらが味方を得るのではなく、各国にも旨みがある。それらは完全に裏の情報だが、表向きはエルが案じられたことのみが目立つ。やれやれ、エルへの悪意を口にしてきた者は大変だな？」

「おや、王族であるエルに悪意を向けたのですから、それなりの覚悟はあったと思いますよ？」

「だといいがなぁ？」

「やだなぁ、二人とも。覚悟なんてなくても、行動した時点で遅いって」

「ごもっとも」

「確かにな」

機嫌よく会話を続けるアル達は、私の目から見ても心底楽しそうだ。傍で私達の話を聞いていた騎士達とて、似たような笑みを浮かべている。

ここは騎士寮、『最悪の剣』と呼ばれる騎士達の巣窟であり、異世界産魔導師の住処なのだ……黒い会話なんて、日常です。『秘密のお話』（意訳）だって、どんとこい！

「ミヅキ達は楽しそうだなぁ」

「ふふ、仲良しですわね。私達としましても、こういった情報が得られることは喜ばしいですわ」

「いやいやいや！　この会話を微笑ましいもののように言わないでくださいよ⁉」

「いいじゃないか。私達が聞いていることを知っていながら、話してくれているんだ。これでバラクシン王へと、その後のことを尋ねることができるんだよ？　危険視すべき者が明確になる意味でも、とてもありがたいよ」

「そうですね、他国のこういった情報を得ることも重要ですから」

セシル、エマ、サイラス君、シュアンゼ殿下、ヴァイスも私達の意図を察し、『情報を持ち帰るからね！』と言わんばかりに会話中。

ええ、ええ！　是非とも『私達に都合のいい情報』を持ち帰ってくださいね！　それもバラクシン王が煩い連中を抑え込む力になるのだから！

※※※※※※※※

——一方その頃、エルシュオンの私室では。

「うちの子が色々とはしゃぐかもしれない。迷惑をかけてすまないね」

「いえいえ、元は我が国の者が原因なのです！　父も『迷惑をかけて申し訳ない』と口にしておりました。特に、魔導師殿にはご迷惑を……」

「いや、ミヅキはそれを見越して物資援助をしていたようだから。あの子、基本的に報復限定だから、あちらが行動してくれないと動けないからね」

情報を伝え合った結果、今後の騒動を察した親猫と大型犬が謝罪し合っていた。

騎士寮で予想通りの会話がされていたと知り、親猫が溜息を吐くのは暫し後のことである。

第七話　裏工作はお手のもの

――騎士寮にて

「魔導師様！」

上がった声に振り返れば、懐かしい顔が。

「元気そうだね、サンドラ。フェリクスも無事で何より」

「「はい！」」

本来、この二人がここに来ることはできない。レヴィンズ殿下が魔王様に掛け合い、許可を取ったのだろう。

と、言うか。

現在、この二人の立場は『バラクシンの教会より派遣された、教会関係者』というもの。身分的には平民なので、同じく平民枠の私と会うならば、個室のある食事処(どころ)――護衛の騎士がいる以上、さすがに隔離された場所でなければ拙かろう――とかでも良いはずだった。

しかーし！　現在、フェリクスは絶賛、狙われ中なのであーる！

ここぞとばかりに不安要素を消し去ろうとする、国王派の貴族がやらかしているのだ。イルフェナとしても、危険は冒せない。

次点で『魔王殿下襲撃に便乗し、更なる攻撃を加えたい』というアホがいる可能性もあるけど、フェリクス達が狙われたタイミングを考えると、ほぼ間違いなく国王派の貴族達が元凶だろう。

馬鹿である。壮絶に愚かである……！

お前の国の国王夫妻、揃って重度のブラコンだっつーの！

当然、家族愛も重い。かつては年の離れた弟のみに向けられていた愛情は今や、家族愛へと変換されている。その息子達も両親の類似品なので、バラクシン国王一家はとても仲がいい。母親が違うとはいえ、末っ子フェリクスも間違いなく愛されているのだ……誤解が解け、擦れ違い期間が終了した今現在、国王一家の重い愛は当然、末っ子夫婦にも向けられている。

今回とて、わざわざ兄であるレヴィンズ殿下を二人の護衛に選んでいるじゃないか。これ、『おかしな真似をすれば、処罰待ったなし！』という警告だぞ？

それを無視して、襲えば……ねぇ……？　まあ、あそこの国王一家は中々に強かな面を持っているので、忠臣という名の『内部の敵』を炙り出そうとしているのかもしれないけどさ。

なお、カトリーナのことは清々しいまでに話題に上らないそうな。

国王一家の中で、元側室は存在しなかったことになっている模様。


そもそも、あの女は実家に戻っただけなので、心配する要素もない。『人生のやり直しでも何でも、好きにやってくれ』という心境だろうな。


——余談だが、元凶だったバルリオス伯爵家はクラウス達によって監視されている。

教会派貴族はクラウスの目の前で魔王様を侮辱しやがったので、『いつか役に立つかもしれないから』という言い分の下、盗ちょ……いやいや、情報収集しているそうな。

その建前は勿論、『黒猫が勝手に、お礼参りとやらに行くことを防ぐため』。

……。

確かに、『守護役としての行動』と言われてしまえば、説得力がある。ただ、状況によっては、『ついうっかり』、情報を私に教えてしまうだけですね！　魔王様に報告に行く前に、手違いでヤバい奴に情報を教えてしまったと。

その場合、私には皆から沢山の『玩具』が与えられるのだろう。具体的に言うと、『バラクシンまでの旅費』とか、『表に出せない、どこぞの伯爵家の情報・証拠』とか、『証拠隠滅の手段』とか。

その後は、『遊びまくった』（意訳）私が帰国し、保護者に怒られればいいだけだ。なに、説教で人は死なないから、特に問題はない。

バラクシン王とて、私とカトリーナの険悪さは知っているし、バルリオス伯爵への感情も知っているから、『ああ、ついにやったか』くらいにしか思わないだろう。と言うか、バラクシン王も個人的な恨みがあるだろうし、悪事を盛って追い込む可能性すらあるもの。

「ようこそ、イルフェナへ。あれから穏やかに暮らせているようで、安心した。遅くなったけれど、結婚おめでとう」

「ありがとうございます、魔導師殿」

「これも私達を気にかけてくださった、多くの人々のお陰です。皆様のお心に、私達の愚かさを許してくださった優しさに、深く感謝する日々ですわ」

そんな裏事情各種を隠して会話を始めると、二人は幸せそうに微笑んだ。身に纏う衣服は以前よりも粗末なものだし、装飾品といったものも指に着けている揃いの指輪だけ。

それでも、二人の表情は以前とは比べ物にならないくらい明るかった。優しい表情になったというか、穏やかさが窺（うかが）えるようになったというか……以前のように、無理やり表情を張り付けている感じが全くない。

「今回はその……大変でしたね。僕達では聖人様の代わりなど、とても務まらないと理解できています。ですが、僕の髪と目は『例の色』です。万が一の時には……」

「はい、ストップ！　それ以上はなしね？」

決意の表情で切り出したフェリクスを制す。それ以上は言っちゃいけません。

「ですがっ」

「そうです、私達は覚悟ができております。私達にはご恩返しができるような機会さえ、望めません。ですから、これを幸運と思っているのですわ」

「そうかなぁ？　バラクシンとイルフェナの関係を考えたら、『無事でいること』は勿論、『貴方達が魔王様に感謝していること』も結構重要だと思うけど」

「「え？」」

意味が判らなかったのか、二人は揃って声を上げた。そんな姿は、大変微笑ましい。

可愛いじゃないか。元の世界で、洗剤とかのＣＭに出てきそうな若夫婦……大変癒されますね！

間違っても、私の周囲にはない光景だわ。殺伐としてるもの。

そうは言っても、微笑ましいばかりでは今後やっていけない。彼らにも成長してもらわねば。

「貴方達が将来的に担う『役目』があるでしょ。子供達に自分の経験を聞かせるだけでも、イルフェナの印象ってかなり良いものになるよね？」

この二人は将来的に、王家と教会が共同で経営することになる孤児院を任される予定だ。立場的にも『恋を選んで身分を捨てた、元王子様と元教会派貴族令嬢』という組み合わせなので、庶民受けは抜群な上、説得力も十分です。

そんな二人が語る、自分達を助けてくれた『優しい隣国の王子様と騎士様達』のお話。お子様達は想像力を存分に働かせ、御伽噺のような物語に想いを馳せるだろう。

大丈夫。黙っていれば、私や聖人様の犯罪紛いの言動なんてバレやしない。

現実を知るのは、大人になってから。いや、政に関わる職に就いてからでいいのだ！


「それは……そう、ですが」

「だからね、本当は謝罪も感謝も要らないの。イルフェナのための先行投資だった、でいいじゃない。少なくとも、私はそう思ってる」

そこまで言えば理解できたのか、二人は黙って頭を下げた。傍を通る騎士達――勿論、私のやらかしたあれこれを知っている――の生温～い視線が私に突き刺さるが、そんなものはあえてスルー。

そうだぞ、フェリクスにサンドラ。それでいいんだ、君達の素直さは美徳なのだから。

今後はともかく、『この件に関しては』それでいい。だから、『魔王様善人説』の流布をお願いねっ！　私だと、裏工作を疑われることにしかならないし。

「ああ、そうだ。知り合いの商人さんに会っていかない？　丁度、ここに来てもらっているの。ゼブレストからイルフェナを経て、バラクシンの教会に寄ってもらおうと考えているんだよ。勿論、ゼブレスト王の許可は取った」

「は？　あの、商人の方が教会に立ち寄るのは構わないと思いますが……その、教会に何かを購入するだけの資金があるかは……」

「あ～……資金難だものね、今は特に」

「で、ですが、そういったお話はありがたく思います。もしも、急に薬などが必要になった場合、私達だけではどこまで手を尽くせるか判りませんもの」

言いながらも、フェリクス達の表情は暗い。理由はまさに今、私が言ったこと。『商人から物を買う』というだけならば、二人の言葉は正しいだろう。

……だが、私にとって重要なのはそちらの意味ではないわけで。

「商人が運ぶのは品物だけではなく、『情報』も該当する。それらは国を超えて、他国にまで届くもの。例えば……『教会を脅してくる教会派貴族がいる』とかね？」

「あ……っ」

「聖人様が健在な時はいい。だけど、教会の責任者が代替わりしたり、貴方達が任された孤児院へと手を伸ばされたりした場合、対処できるかは怪しい。どうしても、身分は向こうの方が高いだろうからね。王家に救いを求めるにしても、連絡手段は限られてくる上、動くのがいつになるか判らない。だけど、身軽な商人ならば様々な場所に出入りが簡単だし、話を聞いた私が動くこともできる」

青褪めた二人には申し訳ないが、私はバラクシンの貴族達を『全く』信頼していない。聖人様が手強い相手である以上、絶対にこの二人をピンポイントで狙ってくると思うんだ。

その際、対抗手段があるかと言えば……実のところ、かなり怪しい。二人の傍に常駐する王族でもいない限り、対応が後手になってしまう。

そこで『貴方の身近な恐怖』こと魔導師の出番であ～る！

『偶然、その場に居ても、不思議はない』のよね、私。孤児院の設立にも関わっているから、『様子を見がてら、遊びに来ました！』と言っても怪しまれない。

——ただし、それが可能になるのは事前に情報があってこそ。

『脅迫』という手段を取る連中はじりじり追い詰めるのがお好きなのか、結構な割合で『また来る』とか『次までに考えておけ』って言ってくるもの。私が狙うのは、二回目以降の接触だ。似たような例として『覚えていろ！』が挙げられると言えば、納得してもらえるだろう。

……確実に成功を収めたいなら、隙を作るなよ。その場でちゃっちゃと決着をつけんかい！　としか、私は思わんが。発想の個人差ですかね？

「教会派貴族がまた力をつけると、色々と国がゴタゴタしそうだしね。内部で揉めると、隣国にも影響あるだろうし。ま、イルフェナにとっても重要なことなのよ」

「確かに……。そう言われてしまえば、否定できませんね」

「僕が言うのもなんですが、魔導師殿の懸念を笑い飛ばせるような状況ではないと思います。教会派だった僕が王籍から抜けた以上、大丈夫だと思っていましたが……甘かったかもしれません」

「まあ、伯爵家との縁組も止めちゃったしね。そう思っても不思議はないよ」

そう、フェリクスは思い切りのいいことに、祖父であるバルリオス伯爵との縁組を蹴ってしまった。本人曰く、『いつまでも甘えていられないから』。

恐ろしいことに、フェリクスは善意百パーセントでこの決断を下したのだ。バルリオス伯爵とて、まさか孫の気遣いで最終兵器（＝フェリクス）が手から擦り抜けるとは思うまい。

狡猾な老貴族が、善良さに敗北した瞬間だった。

ざまぁ！　と思った私は悪くない。こっそり騎士寮面子と祝杯は挙げたけど。


……だからこそ、余計にカトリーナが警戒対象になるのだが。

まあ、これればかりは仕方ない。どうせ、最初から『カトリーナによる母の愛』というカードをあちらは持っていたわけだしね。

その後の対処というか、裏工作は大人達の仕事だ。フェリクス達は今、勉強の時なのだから。

「まあ、そういった事情もあるのよ。だから、考えてみて」

「はい、そうですね。聖人様とも話し合ってみます」

「僕達にできる最善を考えてみようと思います」

「そっか、頑張れ」

「「はい！」」

ほのぼのとしていると、視界の端に見慣れた金色の騎士が映った。傍にはフェリクス達の護衛の騎士の姿も見られたので、私達が立ち話をしていることを聞いてやってきたのかもしれない。

「ミヅキ、このような所で立ち話ですか？　食堂ならば、お二人がいらっしゃっても大丈夫ですよ」

「丁度いいところへ。アル、この二人を商人の小父さんと会わせてあげてくれない？　何を話していたかは、聞いていたんでしょ？」

「ええ、勿論。お二方、お茶を用意させていただきますので、どうぞこちらへ。ご自分で商人の話を聞き、ミヅキに言われたことを話してみてはいかがです？　どうせ、ミヅキはすでに話を通しているでしょうし」

「あは、勿論！　そうでなければ、商人の小父さんをここに呼べないって！」

「ですよね」

私とアルの遣り取りに、フェリクス達は少し驚いたようだった。だが、やがて顔を見合わせると、真剣な表情で頷き合う。

「お願いします。折角、作っていただいた機会を無駄にできません」

「では、参りましょう」

「頑張ってねー！　参考意見を聞きたかったら、アルに聞けばいいよ。どうせ、護衛を兼ねて同席してくれるだろうし」

ひらひらと手を振りながら、三人を見送る私。ちらりと振り返ったアルが一瞬、口角を上げたように見えた。

……そして。

「よぉ、お嬢ちゃん」

「久しぶり、小父さん」

いつの間にか、私の背後に人の気配。掛けられた声にそう返しながら振り向けば、そこにはお世話になった商人の小父さんの一人がいた。

「あの二人用の言い分ってのは、聞かせてもらった。俺が聞きたいのは、お嬢ちゃん『達』の本音だ。……あの二人の味方をしてやりてぇのは本当だが、それだけじゃないよな？」

「当然」

楽しげに笑う私に、小父さんは苦笑を浮かべる。うんうん、判ってますよね。私の『お願い』が善意百パーセントであるはずないもんね！

「私の意見が通れば、教会派貴族の希望はカトリーナだけになるんですよ」

「ほう？」

「だから、教会派貴族が野心を抱く限り、カトリーナに王子様は現れない」

これは確信だった。なにせ、フェリクスを利用したいならば……『カトリーナ自身に、フェリクスの価値を自覚させなければならない』から。

『【王子の母】というステータスがあれば、素敵な男性がご機嫌を取りに来る』とカトリーナに理解させれば、あの女は一発で動く。もしくは、その逆。『王子様が誰も来ない』ならば、『縋る相手は息子一択』ということになる。

「教会には聖人様、王家には『恋を選んだ王子様は想い人と幸せな夫婦になり、教会と王家の橋渡しになった』という『事実』。対抗するなら、『自分の幸せを諦めながらも、息子を愛した母親』しかない。『母の愛』って、教会的にはとっても否定しにくい要素ですよね」

「……」

小父さんは面白そうに私を眺めている。対して、私は笑みを深めた。

そう、『母の愛』という、尊いものだからこそ。

教会は真っ向からカトリーナを否定できず、フェリクスも拒みにくい。

「『今は』財政難を突けば、教会は貴族に屈する可能性がある。だから、まだ接触が続いている。だけど、イルフェナの商人達が連絡役のように、教会と接触を持ったら？　私は教会に物資援助をしているし、ゼブレストはそれなりに安い価格で食糧を売ってくれると言っている。危機感を抱くのは当然よね？」

「お嬢ちゃん、ゼブレストに合意を得たのか」

「だって、ルドルフがイルフェナに居るんだもの。行動するなら誘わないと拗ねるし、『過去の出来事』（意訳）について、ちょっとした意趣返しもできるからね」

以前、宰相様を怒らせた、ルドルフを利用せんとばかりなフェリクスからの『提案』。当時のフェリクスは単純にも、『年も近いし、王になる人と仲良くなりたい』という想いからの行動だったろうが、実際にはそんなに微笑ましいものではない。当然、裏がある。

あれ、間違いなくバルリオス伯爵の入れ知恵だ。私の時と同じ手口だもの。

だ・か・ら！　それを絡めて、ルドルフとセイルに提案したんだよね。二人とも当然、速攻で食いついてきましたとも！

「で？」

「『母の愛』を使おうとすれば、私が遊べるじゃないですか」

「あ？」

「だって、『縋るものがないから、唯一残った息子に縋る』わけでしょう？　突くなら、そこだ。素敵な男性を引き連れて、奴に現実を判らせに行ってやる。その時の本音とヒスっぷりを録画・拡散。『母の愛』どころか、『自分のために子を利用する悪女』って広まりますよね？」

なお、その『素敵な男性』はセイルとカルロッサの宰相補佐様に頼む予定だったり。

セイルはルドルフと同じ理由で動くし、何より、ルドルフが爆笑しながら『絶対に行け！　魔道具にその時のことを記録して来いよ、後で皆で笑うから』と言っていたもの。

セイルも事情を知っているせいか、ノリノリで煽ることを約束してくれた。

奴はやる。セイルなら、絶対に期待以上の煽りを見せてくれると信じてる！

だって、セイルの戦法は『一撃必殺』。冗談抜きに、急所狙いで仕留めることを狙う奴なのだ。優しげなのは顔だけです。

そして、もう一人の罠である宰相補佐様は、麗しのオネェ様。

性別が男である以上、ヒロイン願望のあるカトリーナには大ダメージなのですよ。彼女の醜悪な姿を噂として流すにしても、『男性に顔で負けました』っていう『事実』が加わるもの。

嘘は言っていない。大半の女性が宰相補佐様に負けるだろうことを、伏せているだけさ。

宰相補佐様も割と感情で動く人なので、お小言を言いつつも協力してくれるだろう。だって、バラクシン王妃の報復ができるもの。

宰相補佐様は嫁ぐ前のバラクシン王妃に、とても可愛がってもらっていたそうな。その従姉妹を散々貶めようとしたカトリーナへの報復ならば、きっと喜んで参加してくれる！

なお、当のバラクシン王妃はカトリーナへの苛めなどしていない。見かねて色々と忠告をしていたら、勝手に『苛めてくる』と言い出したらしい。

教会派貴族もさすがにこれには無理があると思ったらしく、悪評は広まらなかったけれど……良い気分であるはずはない。宰相補佐様とて、苦々しく思ったと聞いている。

そんな宰相補佐様に、私から報復の機会をプレゼント！　私が優先すべきは、カトリーナなんぞではない。機会があったら報復したいと言わんばかりだった、セイルと宰相補佐様なのだ。

大丈夫！　あの女、私をとにかく目の敵にしてるから！

そうなった切っ掛けがアルとクラウスのおふざけだったとしても、無・問・題☆

「何で、嬢ちゃんはその女に嫌われてるんだ？　前に殿下達とバラクシンに行った時、会っただけだろ？　そりゃ、嫌味の一つや二つは言ってるだろうけどよ」

「アルとクラウスが面白がって、彼女の目の前で私とイチャつきまして。見た目と身分だけなら、あの二人はまさに理想の男性でしょう？」

そう言うと、その場面を想像できてしまったのか、小父さんは生温かい目を向けてきた。

「煽ったの、こっちが先じゃねーか」

「そうとも言いますね」

でも、謝らない。喧嘩は双方に原因があるっていうじゃないですか。ガチな殴り合いだって、私は大歓迎ですよ！

だって、『元側室が殴り合いの喧嘩をした』ならただの醜聞でしかないけれど、『魔導師が元側室と殴り合いの喧嘩をした』なら、『その側室は何をやったんだ？』って思われるもの！

安定の信頼のなさなのです、私。暴力沙汰は今更さ。

ルーカスという前例もあって、まず、カトリーナが疑われること請け合い。

「親猫が寝込んだ途端に、これかよ」

「気のせい」

「違うだろ⁉　絶対に、お嬢ちゃんも騎士達と一緒に楽しんでいるよな⁉」

煩いですよ、小父さん。私は結果を出せる『超できる子』なんですからね！

※※※※※※※※※

「あ、そうそう。レヴィンズ殿下な、今回はあの夫婦と一緒の馬車で来たらしいぞ？」

「へ？　護衛なのに？　普通は馬とかに乗って、馬車の周囲を囲むんじゃないの？」

「『教会関係者への襲撃』じゃなくて、『王族への襲撃』にするためだってさ」

「怖っ⁉　罪の重さ、増し増しじゃん！　王族、えげつねぇ……！」

「まあ、あそこは家族への愛が重いからなぁ……。でもよ、お嬢ちゃん達だって殿下に対しては似たようなもんだろ？」

「飼い主のために牙を剥くのは、当然のことだと思う。私達、愛玩動物じゃないし」

「……。大人しく守られるっていう、発想はないのか」

「ない！　やられたら、やり返せ！　逃亡するより、戦って死ね！　という精神で挑みます」

「……。殿下、早く体調を戻してくれ。黒猫の首根っこ掴んで止める奴がいねぇ」

第八話　『国を守る覚悟』って尊いですね（棒）

——騎士寮・食堂にて

「ハーヴィスから書が届いた⁉」

「正確には『ハーヴィス王妃から、秘かに書が届いた』ですがね」

「う、うん……？　何だか、含みのある言い方をするね？」

アルからの情報に、私は首を傾げた。皆も内心、思うことはあるだろうけど……会話相手という意味では、柵のない私が適任だと感じたのだろう。食事をしていた手を止め、話に耳を傾けている。

ここは騎士寮の食堂。ぶっちゃけ、騎士寮では唯一、他者が居られる場所だったり。当然、滞在中のセシル達もここで食事をとることになる。

時間的に、『多くの人が食事をしていても不思議はない』。

アルの立場的に、ちょっと込み入った会話をするのも『日常』だ。

そして……私に情報を伝える時は大抵がここになる。『女性の部屋で二人きりはよくない』『ここならば、護衛を担える騎士達が居る』という、言い訳が使えるからね。

それ以外にも外部に対し、『日常会話程度のことしか話していませんよ』と、アピールする意味もある。誰だって、大切なお話をこんなに開放された場所ではしないだろう。

『嘘吐いてるんじゃねぇよ！』という突っ込み、ごもっとも。

でも、重要なのは建前なのです。魔王様の許可の下、騎士寮面子が話を合わせれば問題なし。完全犯罪とは、こういった共犯者達の存在がとても重要だと思える、今日この頃。
その場に居合わせた奴らが偽りの証言をしてしまえば、お腹真っ黒の『人には言えないお話』（意訳）とて、『よくある日常会話』で終わるもの。

なお、『よくある日常会話』でも別に間違ってはいない。

ここは最悪の剣と呼ばれる騎士達の巣窟なのだ……黒いお話は日常です。私も使える駒にカウントされている以上、当然、彼らのお仲間扱いさ。
なに、『お茶にしませんか』という言葉と共に強制的に拉致（らち）——この役目は騎士寮面子の誰でもいい——され、膝の上に座らされた挙句、腕で固定されるだけ。
それを見た魔王様からは非常に生温かい視線を向けられるが、必要性を理解している上、やらかしているのが自分の騎士なので、咎められたことは一度もない。
魔王様としても『犬が猫を咥（くわ）えて連れて来た』程度の認識なのだろう。本当に重要な案件への協力依頼は、魔王様の執務室で行なわれるからね。

今回は普通にお話ですよ。皆で仲良くお食事しつつ、きちんと一人で椅子に座っておりますとも。

席がほぼ埋まっているのは、食事時だから。そこに各国からのお客様達が混ざっていたとしても、私と食事をしているだけです。当事者達がそう言っている以上、それが正しい。

「ハーヴィスの王妃様が中核になって、今回の一件の調査をされたそうですよ」

「待て。何故に、王妃様が主導してるの」

「勿論、調査に参加した者達は王妃様に忠実な者ばかり。ですから、イルフェナも信憑性はあると判断しました」

「いや、だからさ？」

「その結果、アグノス姫お一人の非とは言い切れないそうです。彼女の周囲と教育、問題点を意図的に見逃していた者達にも責任はある、と。勿論、国王ご夫妻にも」

「ちょっと待てと言ってるだろうが！　明らかにおかしいでしょ⁉　最高責任者の国王はどうした？　何で『王妃に忠実な者』が調査に関わるのよ⁉　普通、専門の機関があるか、騎士に頼めばいいじゃん！　抗議されているのは、ハーヴィスという『国』よ⁉」

バン！　と机を叩きながら立ち上がれば、アルは「おやおや」と言いながら笑みを深めた。

……？

あの、何だか怒ってませんか？　アルジェントさん？

「ハーヴィスの王妃様は、あの国には珍しい改革者です。ですが、その分、反発する者達も多い。だからこそ、信頼できる者に調査を依頼したのですよ」

「……。国王に任せると身内贔屓する可能性があるから、正しい調査結果が出ないって？」

「それもあると思います。ですが、届けられた書によれば、ハーヴィス王は愛娘であるアグノス姫が起こした凶事に、大変心を痛めているそうで。心痛のあまり、ご自分の食事や政務でさえ、手につかない有様だとか」

「単なる現実逃避でしょ、それ」

さらっと一言で纏めれば、アルは大きく頷いた。

「私もそう思います。正直なところ、そのようなことをしている場合ではないのですが……どうやら、我が国への謝罪よりも、ご自分が嘆くことの方を優先しているようですね」

「お、おう……アルの怒りはそれが原因か」

「ふふ。エルを害され、幼き頃より案じてきたルドルフ様を危険に晒され、我がイルフェナさえも軽んじられれば、当然でしょう？」

「まあねー」

そこに『護衛に当たっていた騎士達が謹慎処分を受けたこと』が入らないのは、守り切れなかったことは事実と受け止めているからだろう。彼らは己が仕事に誇りを持っている。だからこそ、言い訳は一切しない。

「そんな現実逃避野郎でも、国の最高責任者ってとこが問題よね。アグノスへの処罰も期待できないし、ハーヴィスという『国』に責任を追及することも難航しそう」
「ですよねぇ。王妃様はまともな方ですが、強行する力があるかと言えば、微妙なところでしょう」

どうやら、王妃様と忠実なお仲間達はまとも——あくまでも、比較対象が王という意味——らしい。そして、アグノスにも微妙に同情してしまう。

その『まともな人』がこんなことを言い出すあたり、本当に、アグノスの凶行は周囲の者達にも多大なる責任があるのだろう。勿論、アグノス自身の罪がなくなるわけではないけどさ。

だが、そういった者達が『アグノスが現在のようになった元凶』ならば、彼女への認識も改めねばなるまい。『血の淀み』という事情を抜きにしても、そう思える。

誰だって『知らないことはできない』し、『悪いこと』が判らなければ、行動してしまっても不思議はない。教育されていなければ、『知りようがない』のだから。

無知は罪と言うけれど、教える人間がいないのではどうしようもないじゃないか。其々に何らかの目的や思惑があったにせよ、周囲の人間達は挙って、アグノスを『御伽噺のようなお姫様』に仕立て上げたのだから。

そいつらの罪を問うことを王妃が匂わせているあたり、私の予想は間違っていまい。

「で、直球で聞くけど。……ハーヴィス王妃は一体、何をお望み？」

——まさか、命乞いをしているわけじゃないでしょう？

半ば確信をもって問いかければ、アルはわざとらしく肩を竦めた。

「『この一件に携わった者全てを加害者とし、断罪して欲しい』と」

「めっちゃ他力本願じゃん！　私達が事前に根回ししてなければ、そこまで断罪かましたイルフェナの悪役認定待ったなし！　下手すりゃ、裏工作を疑われる！」

「そういった狙いもあるでしょうね。限りなく良い方向に捉えれば、『守るべきは祖国』といった感じでしょうか。加害者であろうとも、同情されそうですよね」

がってでむ！　とばかりに喚く私に、怒りの籠もった笑顔のアル。ほかの騎士達は無表情・笑顔・目を据わらせている……とバリエーションは割と豊富です。

だが、皆が考えていることはほぼ一緒だろう。即ち——

『死にさらせ、ハーヴィス！　いや、滅べ！』

だな、絶対。

ハーヴィス王妃としては、できる限り頑張ってみたのだと思う。その努力は認めよう。だが、あちらの勝手な断罪劇に巻き込まれるイルフェナはたまったものではない。

「しかも、こちらにいらしてくださった多くの方との縁を築いたのは、ほぼミヅキです。ミヅキが居なかった場合、イルフェナには味方が居ません」

「……ああ、その場合はジーク達もいないのか」

アルの言葉に、これまでを反芻し。確かに、深刻な事態になりかねなかったと納得する。

私が接点のような状態になって、初めて彼らは魔王様との縁ができる。あの魔道具だって存在しない。


――つまり、魔王様は本当に『命に係わる重傷を負う可能性すらあった』と。


「エルを『魔王』と呼び、悪意を向ける奴らからすれば、都合よくこちらを加害者扱いしかねん。この一件の詳細や、ハーヴィス王妃が内々に寄こした手紙を公表したところで、彼女がイルフェナ側の共犯者呼ばわりされて終わりだろうな」

「ハーヴィス側……王妃も拙い状況ってこと？」

「変化を望む彼女の考えは、ハーヴィスにおいて異質だ。疎ましく思っている奴らが結託してしまえば、即座に『奴らにとって都合のいい事実』がでっち上げられると思うぞ？」

クラウスは端からハーヴィスに期待していないらしく、中々に辛辣だ。だが、私とて、その可能性が大いにあると思えてしまう。

これでは、イルフェナとしてもどういった対処をしていいか困ってしまうだろう。内容がアレでも、書を寄越したのはハーヴィスの王妃なので、その『お願い』を無下にもできまい。

皆が来てくれたからいいようなものの、誰もいなかった場合、イルフェナはほぼ詰みだ。悪役認定待ったなしのままハーヴィスを断罪しようものなら、周囲の国からも警戒されてしまうだろう。

何してくれてんだよ、ハーヴィス王妃。恨みはないが、怒りは湧くぞ？

いや、できる限り国を守ろうとしていることは判るけど！

——そこに割り込む、この場の雰囲気にそぐわぬ声。

「あら、どうしたの？　皆で黙り込んで」

「む……？　お邪魔だったか？」

「宰相補佐様！　グレン！」

中の空気に気圧(けお)されたのか、入り口付近で立ち止まっているのは麗しのオネェ様——見た目と言葉遣いだけ。心は男性だ——とグレン。

来るとは聞いていたけれど、二人は多忙な身。よって、ある程度の仕事が片付き次第、こちらに来ることになっていた。

そんな二人を派遣してくれたのはカルロッサ王とアルベルダ王。つまり、ガチで国の代表としての権限を持っている。

その姿を見た私は駆け足で二人に近づき、笑顔のまま抱き着いた。

「待ってた！　これでイルフェナが悪者になる可能性がほぼゼロ！」

「「は？」」

「私のお願い聞いてー！　『うん』って言うまで、離さない♪」

離さないって言うか、逃がさない。ハーヴィス王妃の考えが判った以上、彼らの存在はとても重要だ。

「小娘、それは脅迫って言うのよ」

「言わない。私が決めたから、これは『お願い』だもん。……痛っ」

「お馬鹿。そんなことしなくても、今回はアンタ達の味方よ」

宰相補佐様は溜息を吐くと、ぺしっと私を叩く。痛いじゃないか、オネェ。

「ミヅキ……お前、自己中が過ぎるぞ？　いい加減にしないと、保護者にも見捨てられ……」

「うっさい、グレン！　……。よし、ここは一つ、赤猫ちゃんの黒歴史をこの場で披露して、皆の笑いと癒しに貢献……」

「お前は何を言い出すつもりだ⁉　やめい！」

情報は使うためにあるんだよ、グレン。それが元仲間の微笑ましい（？）過去であろうとも、使えるならば使うまで！

第九話　情報を与えることは優しさか？

いそいそとグレンと宰相補佐様を椅子に座らせ、手短にこれまでの説明を。二人には大体の事情説明をしてあるけれど、情報の擦り合わせは重要だ。

最近では、『バラクシン側の事情（意訳）』――建前、裏事情双方を含む――も追加されたので、それも説明。

その結果、予想通り、二人は呆れていた。

主に、教会派貴族のしぶとさと王族のえげつなさに。

「教会派貴族がしぶといのは判るが、今回の凶事を利用しようとするとはなぁ……」

「小娘達を怒らせたいとしか思えないわね。そんなに痛い目に遭いたいのかしら？」

呆れた表情で、半目になるお二人さん。皆も深く頷いている。

ですよね、本当にその通り！　『魔導師のストッパーはエルシュオン殿下』『親猫を害すると、黒猫に祟られる』なんて、割と知られているはずだもの。

ただ、今回のような行動を取った理由も思い当たるんだよねぇ……。

「あ～……多分だけど、前にバラクシンに行った時は直接、喧嘩を売ってきた奴しか痛い目を見てないからだと思う。長期計画でじわじわ来るようにはなっているけど、即潰れても困るんだもん」

実のところ、『教会派貴族は【将来的に】痛い目を見る』という流れになっているだけなのだ。

だから、魔導師の報復から逃れたと勘違いしている奴らが一定数はいる。

さすがに国の二大勢力の片方、それも主だった貴族達が一気に潰れるのは国として拙い。そんな背景事情を考慮しての長期計画が行なわれているはずだ。

ただし、グレンは先の一件において、ばっちり当事者であったわけで。

「教会の財布としてか？」

内情と言うか、隠された本音もしっかりと知っているのだった。勿論、ここに居る面子に隠す必要はないので、頷いておく。

「それ以外に役目があるとでも？」

「……」

「……」

「ないな」

「アンタ達ねぇ……！」

「そうは言っても、事実ですよ？　宰相補佐様」

バラクシン以外の人からすれば、その一言で十分さ。奴らの価値など、所詮はその程度。

宰相補佐様は呆れた様を隠さないけれど、隣国勢――イルフェナとアルベルダ在住者――から見ても、その程度の認識なのだ。下手に首を突っ込んで、迷惑を被りたくはないのであ〜る！

現在は聖人様が教会を纏めているので、私達の懸念といえば『聖人様率いる教会が、再び貴族に屈すること』だけ。

ぶっちゃけると『教会運営のための財源が確保できず、教会派貴族に借りを作る』ということのみが怖いんだよね。これ、部外者が下手に寄付とかできないんだもん。

そんなわけで、是非とも聖人様には頑張っていただきたい。私がカトリーナと再戦するためにも、聖人様の勝利は必須事項だもの。

「王家の方も大人しくはないようなので、そちらを心配する必要がないことも、静観を選んだ一因ですってば。……その、どうも王家側は殺る気満々みたいな気がしますし」

さりげなく視線を逸らして付け加えると、バラクシン国王夫妻が抱く『海より深い恨み』（意訳）を思い出したのか、二人は微妙な表情になった。

「まあ、それは……仕方ないでしょ」

「襲撃を逆手に取って、『王族への襲撃に仕立て上げる』とはな。いやはや、えげつない手を使う」

「お二方、視線が泳いでますけど？」

「煩いわね！　事情を知っている者としては納得できるけど、それを口に出したくはないのよ……！　どう考えても、私怨に近いもの」

宰相補佐様のお言葉、ごもっとも。寧ろ、完全に私怨だったとしても、関係者達は納得すると思います。共感はしないけれど、納得はできちゃうのよね。

だって、教会派貴族達は長い間、国王夫妻——王太子時代も含む——の地雷を踏みまくってきたのだから……！


重度のブラコン夫婦の夢を、木っ端微塵に砕いてますからね！

温情が与えられるなんて、考えちゃいけませんものね……！


比較的穏やかと言うか、温厚な印象のバラクシン王だが、そういった人間ほど怒らせると怖いのである。寧ろ、抱いた恨みはいつまでも忘れまい。

正直なところ、先走った行動をしたライナス殿下にも非があるとは思うけれど……幼いライナス殿下にそんな行動を取らせたのは間違いなく、彼を利用しようとした教会派貴族達。

弟と仲良く過ごしたかったお兄ちゃんとしては、幸せな時間を奪われたことが許せないのだろう。さぞ、どろどろとした恨みを溜め込んでいたに違いない。

そして、彼の妻は『幼い弟か妹が欲しい！』と熱望していたバラクシン王の同類。『復讐の時は来た！』とばかりに、色々と画策していることだろう。淑女だからこそ、一度怒ると怖いのだ。

その第一歩だか、何歩目だかが、『王族の乗る馬車への襲撃』。

当たり前だが、『教会関係者が乗る馬車への襲撃』とは罪の重さが全然違う。教会関係者は元の生まれが王族や貴族であっても『神職者』という扱いなので、襲撃犯を貴族が庇えば、それなりの処罰で済まされてしまうだろう。

対して、それが現役王族だった場合は、庇う貴族達も含めて反逆罪待ったなし！　寧ろ、襲撃された馬車にレヴィンズ殿下が乗っていたことを隠しておいて、襲撃を目論んだ貴族達が犯人達を庇うことを待っている気さえする。

襲撃者が『知らなかった』『目的が違う！』と言い出そうとも、『王族の乗る馬車を襲撃した』という事実は覆らないため、『襲撃犯を庇う＝同罪』に持ち込むという、えげつない一手である。

いくら温厚でも王族、そして恨みを持つ個人。罪の底上げ待ったなし！

都合の悪い訴えなんざ、握り潰せばいいじゃない！　罪を犯したのは事実！

加えて、彼らは最高権力者。建前は『我が国の膿を出す』でＯＫ！

……。

いいんだよ、そんなノリで。どう取り繕っても、知っている奴は知っている暗黙の了解なんだから。それ以前に、他国は火の粉が降りかかってこなけりゃ、問題なし。

どれほど炎上案件だろうとも『綺麗なキャンプファイヤーね♪』程度の認識さ。所詮は他人事、他国のことなのであ～る。

「……で、バラクシンの事情は判ったけど。アンタ達がさっき、おかしな雰囲気だったのはそれが原因じゃないんでしょう？」

「勿論！　今更、そんなことで驚きませんって！　私達、バラクシンでの『教会派貴族の災厄』では当事者だったもん。グレンは私が巻き込んだけど」

「お前は寧ろ、黒幕に近かったろうが！」

煩いぞ、グレン。事実だったとしても、黙秘せよ。マジで赤猫時代の黒歴史をばらしますよ⁉

ジト目になって睨み合う私達に、宰相補佐様は溜息を一つ。そして徐に、私の顔を自分の方へと強引に向かせた。

「ちょ、痛いって！」

「はいはい、そのあたりのことはどうでもいいわ。いいから、私が聞いたことを話しなさい」

「はーい。……オネェ、最近、私の扱いが粗雑過ぎでは？」

「お黙り。野良一歩手前の凶暴猫相手に、優しく諭したって無駄でしょ。それで何とかなるなら、親猫様は苦労なんてしてないわ」

確かにな。

まあ、アホなことを言っていないで本題に入りましょうか。

ちらりと視線を向けると、アルは微笑んだまま一つ頷いた。……許可が出たようだ。要は『私が世間話として話すなら可』といった感じなのか。

「えっとですね、イルフェナはずっとハーヴィスからのお返事を待っていたわけですよ。まあ、私としてもお手紙を出した友人達が参戦理由を片手に押し掛け……じゃない、遊びに来る予定になっていたので、ある程度の時間稼ぎは必要でした」

前提をざっくり告げると、宰相補佐様は呆れを露わにした。

「それ、聞いたわ。サロヴァーラ以外が動いたってところが、アンタらしいわね……どうしてそうなるのよ」

「さあ？　『人脈』とか『人望』って言ったら、速攻で否定されたので、『偶然、時期が重なっただけ』でしょう」

そうとしか言いようがない。突っ込まれても、更なる言い訳は其々の国が考えてくれるさ。交友関係にあるのは本当だもの。

「で、ついさっき、届いたばかりらしい『ハーヴィス王妃からの個人的なお手紙』の内容を聞いたんですよ。その内容ってのが『アグノスが襲撃を行なわせたことは事実だけど、アグノスの周囲にも多大なる問題があったみたい。国王夫妻とアグノスは勿論、その周囲や利用しようと画策した奴らへの断罪もお願いね』ってものらしくてですね……」

「「はぁ!?」」

「いや、その気持ちは物凄く判ります。皆が怒るのも当然ですね！　で、私が『事情を知らない国からすれば、そこまで断罪したイルフェナの方が警戒されるじゃん！　苛烈さを露にして、過剰な報復をしたようにしか見えんわ！　下手すりゃ、黒幕に思われるかも？』（意訳）って、声を上げました。だから、来てくれた皆にマジ感謝。冗談抜きに救世主！　大好き……！」

そこまで言うと、二人は益々唖然とした。ですよねー、どう考えても、イルフェナが悪者になる流れを作っているようにしか見えませんよねー。

「ハーヴィス王に期待はできないとしても、王妃の方も、ねぇ……」

「ま、まあ、いきなり色々なことが起きて、混乱しとるのかもしれませんぞ」

「なんかね、ハーヴィス王妃は自国の鎖国状態をどうにかしたい改革派らしくてさ。味方が物凄く少ないらしいんだわ。で、調査にも時間がかかったみたい。なお、王は現実逃避をしている模様」

グレンのフォローを潰して悪いが、それが現実だ。ハーヴィス王妃は気の毒だと思うけれど、それで素直にイルフェナが悪役になってくれるかといえば……『否』。

魔王様が襲撃されたことだけでもブチ切れ案件なので、更なる苦境を背負い込む必要性など感じない。何故、被害を受けた側が加害者側を気遣わねばならん。

「それでは同情のしようもないな。王がそのような状態でいるなど、許されるはずはない。謝罪に赴くなり、己の首を差し出し、イルフェナに怒りを収めてもらうといったことをしていれば、周囲の見る目も変わるだろうが……」

「私達が怒る理由が判るでしょー？　グレン。それでさっきの微妙な空気です」

「困ったものね、ハーヴィスも」

もはや呆れていいのか、達観すればいいのか判らない、この状況。

同情だけはしねぇぞ。そんな優しさなんざ、元からない。

「で？　私達が……カルロッサとアルベルダが話し合いの場に割り込むことができたとして。アンタの『お願い』って、何よ？」

「あれ、叶えてくれるんだ？」

「この状況じゃあねぇ。どうせ、これに関わることなんでしょ」

宰相補佐様の目が楽しげに細められる。グレンとて似たような表情だ。

「ふふ、じゃあお願いしちゃおうかな！　『魔導師は危険な存在だ』って、ハーヴィスに教えてあげてほしいんですよ。できれば、私が関わった自国の出来事を踏まえて」

「ほう？　何故、と聞いてもいいか？」

「やだな、グレン。イルフェナがそれを口にしたら、脅迫になっちゃうじゃない！　だから、ほとんどの国が知っている情報として、私の危険性や、その唯一のストッパーが魔王様ってことを教えてあげて欲しい。それならさぁ……」

グレンの問いかけに答えつつ、にやりと口元を歪めて私は笑う。

「諦めもつくんじゃない？　その『唯一のストッパーを寝込ませたのはハーヴィス』だし、意図的ではないにせよ、『イルフェナを悪者にしようとしたのもハーヴィス』だもの。……魔王様が寝込んでさえいなければ、なんとかなったのかもしれないけどね」

「ハーヴィスと親しく付き合っている国はない。仲裁してくれるような国もないだろうしな。まあ、それがハーヴィスの選んだ道だ。仕方なかろう」

「仕方ないよね」

一言で言えば、『自業自得』。

魔王様を襲撃したから魔導師が敵になり、唯一のストッパーを寝込ませたから魔導師を止める人がいない。どこかの国に間に入ってもらおうにも、その繋がりさえ……ない。

とことん、自業自得な状況であると突き付けてやろうじゃないか。政に携わる以上、『状況を理解できないほど無能ではない』はずよね？

「その上で、イルフェナに何を言うのか見物よね」

「あらあら……それで、小娘は何をするつもりなの？」

クスクスと笑いながら尋ねてきた宰相補佐様に対し、私は無邪気に笑ってみせた。

「ハーヴィスへお出かけ！　だって、そこまで情報を伝えたとしても、『事実がなければ信じない』かもしれないもの。事実と思わせるだけの『実績』（意訳）って、必要ですよね」

「そうねぇ、必要ね。被害を目の当たりにするまで、アンタは過小評価されがちだもの」

襲撃？　報復？　好きなように呼べばいい。『魔導師は世界の災厄』。私はそう呼ばれる存在だと……『名乗ることを許されている』のだと、突き付けてやろうじゃないの。

どうして魔王様の評価が劇的に変わり、悪意ある噂よりも真実に気付く人が出たのか。魔王様が多くの人々から、理解されるに至ったのか。

気付く機会はハーヴィスにも必要じゃないか。だから、一度の『ご挨拶』で国が滅ぶようなことだけはない。

……。

魔王様の本性がバレたのって、『魔導師を抑え込んだ人物として、注目されたから』ってだけなんだけどね。まあ、私がハーヴィスでやらかそうにも魔王様は今、何もできないから……ハーヴィスが気付くことはないかもしれないけどさ。

第十話　親猫、（嫌な）予感的中

「……で。その『ご挨拶』はアンタ一人で行くつもりなの？」

下手に人を誘えないことは判るけどね、と付け加え、宰相補佐様は私に答えを促してきた。

ですよねー、私の単独行動が最良とは判っていても、さすがに許してくれませんよねー。

と言うか、宰相補佐様の懸念事項も判るんだ。宰相補佐様は個人的な感情のみで、この質問をしているわけではないのだから。

『気が付いたら、魔導師が居なくなっていた』なんてことにした場合。

……騎士寮面子や守護役達の力不足を指摘されてしまう可能性がある。

要は、『監督責任を問われる可能性がある』と言うわけですよ。私としても、これはちょっと困る。皆の評価に響くだけでなく、私の今後にも影響してしまうからね。

ぶっちゃけ、『守護役の交代』とか『監視環境の見直し』なんてことになる可能性もゼロではない。魔導師は『世界の災厄』……危険物扱いなのです。普通の異世界人以上に監視は必須。

私は今後も居心地のいいこの場所、仲の良い協力者達と共に、キャッキャウフフと楽しく過ごしていきたいのだ。手放す気なんて、欠片もない。

こう言っては何だけど、私が好き勝手できる――勿論、ある程度の行動制限あり――という意味では、今の面子がベストメンバー。

私の『遊び』に付き合ってくれたり、進んで裏方に勤しんでくれたりする、大変ありがたい皆様なのです。魔導師の功績って、彼らと魔王様込みの評価だもんね。

なお、気付く人はあっさりそのことに気付くので、他国からは騎士寮面子も立派に警戒対象。

『最悪の剣』というだけでなく、『魔導師の共犯者』という方向で。最近はこちらの方に重きを置いている人もいるはず。だからこそ、いくら魔導師が功績を上げようとも、彼らが過小評価されることはない。そこを不審に思えば……まあ、舞台裏を察せるわな。

気付く人は気付いている、この状況。益々、騎士寮面子が『ヤバい奴』認定されたのは言うまでもない。同時に、魔王様の飼い主としての評価も爆上げさ。

なお、主に警戒しているのはキヴェラの皆様であ～る。何だかんだとサイラス君から情報がもたらされる機会が多いので、『やっぱり、キヴェラ敗北の裏にはイルフェナの暗躍が⁉』と疑われている模様。断罪の際、城を崩壊させかけたこともその一因らしい。

……。

ごめん、あの一件で遊びまくったのは私だけ。さすがに皆は無関係。

いくら何でも、あそこまで国をコケにするシナリオは魔王様が許すまい。


余談だが、ルーカスは私単独の犯行であることを信じて止まないそうだ。曰く『陰湿さや優秀さならば他の者も持ち得るが、自分が楽しむことを最優先にする馬鹿はお前しかいない』とのこと。

やはり、『砦陥落（とりで）！』や『大好評・死霊の町』、『城崩壊の危機！　生き残れるか⁉』といったお遊び要素のインパクトが強かったらしい。

『結果はともかく、遊び過ぎなんですよ！　あんたの性格を知っていたら、絶対に誰の計画かバレます！』とはサイラス君談。彼の中では『ろくでもないこと＝魔導師の仕業』という公式が成り立っているに違いない。


何だよー、その『ちょっとしたお茶目』が結果に繋がるなら、別にいいじゃん！

仕事の合間の息抜き、モチベーションを上げるためのお遊びですってばー。


まあ、ともかく。

宰相補佐様は『チーム騎士寮面子』（魔導師含む）の今後を心配しているのだろう。

イルフェナとて一枚岩ではないので、『不甲斐ない』と言われてしまえば、魔王様への襲撃を許したこともあって、反論する根拠に欠けるのだ。今回ばかりは、こちらが圧倒的に不利だろう。

……だが今回、私には最強の助っ人達が居るわけでして。

「ん～……だから私は『この国に来てくれた皆のこと』を『救世主』と思っているんですよ」

「へぇ？」

「だって、立場的、身分的にも、放置できない人々じゃないですか。『民間人扱いの魔導師』よりも、『守らなければならない人達』ですよね？」

「……」

宰相補佐様は面白そうに私の話を聞いている。勿論、視線で先を促すことも忘れない。

「自国の王族を守ることは当然として。現在は、国としても『様々なこと』を警戒しなければならない時期。さて、騎士寮に暮らす黒猫に構っている暇なんて、ありますかね？」

「だけど、守護役とはそういうものよ。アンタだって、自分が監視対象だという自覚があるでしょう？　まあ、今回に限って言うなら、この国の守護役は自国を優先するでしょうけどね」

「当然ですよね。主である魔王様が襲撃されたんだもの」

……だからこそ、私が抜け出す隙がある。残る守護役達は『他国の者』オンリー。……今のイルフェナにおいて、彼らが好き勝手に動くことは不可能だ。

ただし。

――『国』、もしくは『主』から命を受けていれば、そちらを優先して動くだろうけど。

「いるんですよねぇ……私への同行が可能というか、そんな命令を受けちゃっている人が！」

にやり、と笑う。宰相補佐様も私の言いたいことが判っているのか、満足そうに頷いた。

「まず、うちのジークね。ああ、勘違いするんじゃないわ。別に、アンタの協力者というわけじゃないの。ただ、アンタの破天荒ぶりを陛下はご存知だから、『魔導師に付き従え』って言われているわ。イルフェナの守護役が多忙な分、穴埋めするという感じね」

「あら、随分と曖昧（あいまい）な」

「それでいいのよ。建前はともかく、アンタに付いていくだけでも状況が判るんだもの。それに、守護役としての役目は当然だけど、国へ報告する義務もあるわ。だから……『敵』が襲ってきたら当然、応戦するわよ。国への報告のため、生き延びなければならないもの」

「いや、ジークに報告させるって難易度高いんじゃ……」

ジーク君は純白思考の脳筋なので、報告はお粗末を通り越してお子様の日記レベル。いくら何でも、単独任務の報告書には向かないだろう。

だが、それはカルロッサ側も想定内だったらしい。宰相補佐様はほっそりとした人差し指で、私の額を軽く突いた。

「そのためのアンタでしょうが。事情を知らない人には『カルロッサの守護役からの報告』になるけれど、戦力をあげるんだから、こちらにも情報を共有して頂戴（ちょうだい）」

「納得した！」

ジークにはそれしか期待できないもの、と宰相補佐様は肩を竦めた。ジークも特に不満はないらしく、「楽しそうだな」なんて、呑気に言っている。

さすが、長年の付き合いがある従兄弟同士。お互い、こういった遣り取りは慣れているらしい。普段はそこにキースさんを挟むことで、『英雄予備軍・ジークフリート様』が作り上げられているのだろう。

……。

それでいいのか、カルロッサ。


「諦めたのよ」

「あの、オネェ？　心を読まないで？　溜息を吐くと、幸せが逃げるって言うよ？」

「誰もが一度は考え、諦めてきた道よ。解決方法があるなら、とっくに試しているわ！」

「……」

確かにな。

「で？　他には誰よ？」

「え、ゼブレストのセイルが来る予定です。今回、めでたく当事者になっているルドルフが『絶対に行け！　報告を楽しみにしている』っていう方向なので」

素直に暴露すれば、宰相補佐様だけでなく、他国からのお客様達も唖然となった。

「ちょ⁉　巻き込まれただけとはいえ、一応、今回の襲撃に遭った方の筆頭護衛じゃない！」

「いや、いつもお留守番なので、ルドルフが拗ねまして。本人は動けないし、ハーヴィスへの牽制としてイルフェナに居る分、ヤバイ奴を送り込みたいようなんですよね」

「……。セイルリート将軍って、そういう人なの？」

「『サクッと殺っちゃいましょう』という殺伐思考をお持ちですが、何か。ちなみに、鍛錬であっても急所や喉元を狙ってくる、お茶目な人です。自分に素直で、殺意は標準装備。奴が優しげなのは、顔だけだ」

「そ、そう……」

顔を引き攣らせて、宰相補佐様は沈黙した。彼の身分的に、セイルに会ったこともあるだろうけれど……セイルの一般的な評価は『優しげな笑みを湛えた、麗しの騎士様』だ。まさか、中身がそんなのとは思うまい。

「そこに私が加わるんで、中々に戦闘能力の高いメンバーになりました。残ってもらう友人達の身分も『それなり』（意訳）なので、魔王様はホスト役をせざるを得ません。何せ、彼らとの接点がほぼ、私と魔王様の二人に限られていますから。私が居なければ、魔王様しか該当者がいませんよね」

魔王様への足止め工作もばっちりですよ！　と胸を張れば、宰相補佐様が呆れたような目を向けてくる。

「アンタ達ねぇ……それ、後で叱られるわよ？」

「その時は皆でお説教を受ける所存です！　なお、ルドルフにも『お願い』をしてあるので、一緒に叱られる予定」

「『叱られる予定』じゃないでしょ！　まったく、もう……。保護者が目を離した途端、こうなんだもの。親猫様の苦労が知れるわね」

「なんでも、襲撃で傷を負った際、気を失うまで私のことを気にしていたらしいです……『黒猫が野放しになる、どうしよう⁉』的な意味で」

「普通はそんなことを思わないわよ……！」

「ちょ、頭を掴まないでくださいってば！　痛いって！」

今更です、いつものことなのです……！　もはや、魔王様でさえも諦めがついてきたように思う、今日この頃。そもそも、私の共犯者は今回の襲撃の被害者でもあるゼブレスト王。

だから、頭をギリギリ掴むの、止めてくんね⁉　腕力は立派に成人男性なんだからさ！

第十一話　お出かけの準備

『とりあえず、ハーヴィスに【ご挨拶】に行ってくるね！　グレンと宰相補佐様は魔導師の凶暴性暴露を宜しく！』という『お願い』は、皆にとても好意的に受け入れられた。

曰く、『それくらいやらないと、ハーヴィスは理解できないと思う』とのこと。

情報だけじゃなく、当事者になってこそ理解できると、かつて『魔導師の凶暴性……もとい、有能さを目の当たりにした人々』（意訳）な皆様は、声を揃えて言い切った。

なお、最も説得力があったのはシュアンゼ殿下の証言の数々である。

『あの一件の際、ミヅキはエルシュオン殿下から【私を守れ】と命を受けていたけれど……その方法も、やり方も、ミヅキに一任されていたんだ』

『しかも、断罪の場で告げられた王弟夫妻や私への処罰に至っては、私を含めた誰も察せていなかった。【個人の功績】とか【能力の証明】ならば、これが一番納得できると思うよ。だって、ミヅキは【それが可能な状況に持ち込んだ】からね』

『今更、こんなことを言うのも申し訳ないのだけれど、私達は当初、ミヅキにあまり期待していなかった。ミヅキが魔導師と知っていたテゼルトでさえもね』

『だから、一度は痛い目に遭わないとハーヴィスも危機感を抱かないと思う。そもそも、ミヅキのやり方って魔法で大規模な被害をもたらすわけじゃないから、外部からは判りにくいんだよね』

……。


確かに、解決策を黙っていましたね。


どちらかと言えば、隠したかったのは王弟夫妻への断罪から連座で発生するシュアンゼ殿下への処罰。シュアンゼ殿下本人も覚悟していたように、男性王族である以上、次代にまで派閥争いを持ち込みたくない人達は徹底的に、排除方向に動いただろうから。

ただ、国王夫妻やテゼルト殿下がそれを良しとせず、シュアンゼ殿下が中途半端に飼い殺しにされる可能性も高かった。

ぶっちゃけた話、彼らがどれほど頑張っても国が一枚岩ではない以上、『命は取らない』程度までしか許されまい。王の一言で、全ての配下達が納得するわけではないのだから。

『魔導師』が『全ての処罰を、あの場に居た全員に納得させること』こそ、唯一の方法だった。

各国の王を呼んだのは、私の味方に引き込むためと、『貴族達から反対の声が上がらなかった』という証人になってもらうためだ。まさか、『あの時は何も言わなかったけれど、不満です！』なんて後から言えまい。自国の王すら納得しているものね。

ただ、そこに至るための過程が割と酷いことは自覚していた。特に、ろくに歩けないシュアンゼ殿下を自分の足で歩かせ、テゼルト殿下に忠誠を誓わせるあたりは。

晒し者にした、と言われても否定できない一幕です。ラフィークさんからの批難めいた視線も当然ですね！　私とて、酷いことをしている自覚がありましたとも！

よって、私が事前に取った行動は『黙秘』であ～る！

悪意・善意関係なく、私の邪魔をしそうな輩への情報漏洩（ろうえい）は徹底的に防がせていただいた。

これ、テゼルト殿下や国王夫妻からストップがかかる可能性があったことが最大の理由。彼らはシュアンゼ殿下が王弟夫妻や自分達の世代の問題の被害者だと、誰よりも知っていたから……言い方は悪いけれど、一番邪魔だったんだよね。

　これらを考慮した上で策を練った結果、私は見事に望んだ決着を勝ち取った。王弟を公の場でボコれたし、魔王様の依頼も完遂（かんすい）できて満足です！

　だが、割と私と一緒に居たシュアンゼ殿下からすれば『ちょ、何それ知らない！　一体、いつの間にそこまでの道筋を整えた⁉』となること請け合い。

　シュアンゼ殿下を残す唯一の方法である以上、これは誰にも悟られるわけにはいかなかった。そこには当然、当事者であるシュアンゼ殿下も含まれる。

　と言うか、ここが策の肝（きも）だったと言ってもいい。事前に何も知らなかったからこそ、あの場でのガニア王とシュアンゼ殿下の選択が活きてくるのだから。


　あの場に参加していた各国の王達を、私は納得させなければならなかった。

　当然、そこには王弟夫妻の処罰や、ガニア王達の対応も含まれる。

『ガニア王は信頼できないし、今後の不安要素は全部殺っちまえよ』とか王達に判断された日には、間違いなくシュアンゼ殿下の命がない。彼らは王……最優先は自国なのだから。

　そもそも、魔王様の誘拐未遂で迷惑が掛かっている以上、温情だけで王弟一派を見逃してくれるほど、イルフェナは甘くないだろう。

シュアンゼ殿下を哀れと思う気持ちはあっても、これは完全に別問題。自国に被害が出る可能性がある上、イルフェナという前例がある以上、王達は絶対に見逃してはくれない。

シュアンゼ殿下自身に王弟のような野心がなくとも、彼を利用しようとしてくる貴族達への抑止力がない以上、存在するだけで『次代の害悪』扱いなのだ。シュアンゼ殿下排除派の貴族達は、あながち間違っていないのである。

シュアンゼ殿下もそれを理解していたから、後の憂いとなる可能性が高い――王弟の代わりに旗頭にされる可能性があったため――自分の未来を望まなかったのだから。

それを踏まえて、シュアンゼ殿下には『テゼルト殿下の補佐』という役目を与えてみた。シュアンゼ殿下が死にたがりとは思わないけれど、自分の存在がガニアの未来に影を落とすならば、あっさり自害しかねないんだもの。

――そんなわけで。

そういった背景事情を補足として説明したら、皆はあっさり『一度は痛い目を見せて来い！』という方向になったのである。自分達とて、実際に目にするまでは信じられなかったから、と。

あくまでも『ご挨拶』程度と言っている以上、ある意味、これは皆の優しさなのだろう。国を守ろうと動いたハーヴィス王妃――ただし、イルフェナ側から見れば悪手――に同情しているのかもしれない。

……。

誰一人、『ハーヴィスを許してやれ』とは言っていないけどな。

皆の協力を取り付けた後、私は早速『遠足』の準備を始めた。

……『遠足』ですよ、『遠足』でいいの！　『お礼参り』とか『報復』なんて言ったら、ハーヴィスの未来がなくなっちゃうじゃないですかー。（棒）

私はあくまでも『保護者を襲撃されたから、ご挨拶に行っただけ』というスタイルを貫きます。

被害を受けたイルフェナが賠償なり、謝罪なりを要求した時、毟り取れなくなっちゃうからね！

なに、イルフェナとて鬼ではない。誠意を見せれば、それなりに手加減してくれるだろうさ。

なにせ、私の所業に目を瞑ってくれる懐の広過ぎる国（意訳）ですよ！　……何らかの旨みがあるとか、残しておく価値があることが絶対条件だけど。

『実力者の国』と呼ばれる以上、これは仕方がない。というか、どこの国でも同じだろう。自国に貢献できる存在には、どんな国でも基本的に優しいのです。拗ねたら働かないからね。

今回も例に漏れず、その『誠意』をハーヴィス側がどう示してくるかが重要なポイントになる。

少なくとも、現時点では誠意なんて欠片もない。

なお、ハーヴィス王妃からの書に関しては、『内部の情報提供をしてくれたこと【だけ】は評価できる』という方向らしい。悪意はなかった、という受け取り方をした模様。

あれですよ、『どうしようもない状況だと判っているけれど、王妃ちゃんは精一杯の頑張りを見せました。その努力【だけ】は評価できるんです！　自分達が悪いって、理解できてるんです……！』的な扱いです。

喩えるなら、『結果には結びつかないけれど、姿勢だけは評価できる努力賞』。

これでも他の奴らより遥かに立派に見えるというのだから、その他のハーヴィス勢の評価が知れる。イルフェナへと状況確認に赴く奴、本当に大丈夫か？　誠心誠意謝罪したところで、それなりにキツイことを言われると思うんだけど。

「楽しそうだな、ミヅキは」

「ええ、本当に」

嬉々として遠足の支度をする私に、セシルとエマは苦笑気味だ。この二人は魔王様用足止め要員……所謂、居残り組なので、今回は同行せず。

その代わり、今度はコルベラの森付近でキャンプ紛いをしよう！　ということになっていたり。コルベラは山の幸の宝庫なのだ……山菜の天ぷらくらいなら、何とかなりそう。なお、見付けた食材は調理法の伝授と引き換えに、私にも流してくれる約束だったりする。

そのうち竹でご飯を炊いたりしてみたいと思う、今日この頃。同調してくれる友人達の全面的な協力のお陰で、徐々に食生活が潤っていきます。和食を伝えるなら、コルベラが最有力だな。

「こういったことは、準備する時間も楽しいものじゃない？」

「まあ、その気持ちも判るが。今回は特に、な」

「ですわねぇ。ミヅキがあまりにも楽しそうな様を見せるものですから、サイラス様やシュアンゼ殿下、ヴァイス様は即座に自国への報告に走りましたもの」

マジである。あの三人、私が超楽しそうな様子を見せた途端、報告に動いたのだ。

ただし、サイラス君は顔を青褪めさせ、シュアンゼ殿下はとても良い笑顔で、ヴァイスは真剣な表情で……といった感じに、三者三様ではあったけど。

まあ、其々の国の位置を考えれば、それも仕方がないのかもしれない。北に属する二国は勿論のこと、キヴェラは南の大国なので、ハーヴィスが仲裁を頼んでくる可能性を考慮したか。

余談だが、彼らの警戒心を強めることに一役買ってしまったのが、ハーヴィス王妃からの書。やはり、誰が聞いても『あの内容はない。つか、火にガソリン注ぎやがった！』と言いきれてしまうものだった模様。

そんなわけで、ガニアとサロヴァーラは警戒モード……もとい、『ハーヴィスが何か言ってきても、シカトしよう！　モード』になるらしい。

多少の火の粉が飛んできても無視、何か言ってきても無視、魔導師が暴れたって私達には関係ございません……で通すんだとさ。

まあ、それが一番賢いわな。無関係であることは最強なのです。シュアンゼ殿下とヴァイスは個人的にイルフェナを訪ねたことになっているので、『偶々、情報を得られた』ということになる。

これも嘘じゃないしね。

「警戒心が強いねぇ。私の目的地はハーヴィスなのに」

「ですが、その目的が『ご挨拶』ですもの。仕方がないと思いますわよ？」

「そうだな、私もそう思う。中途半端にハーヴィスに関われば、即座にミヅキの標的にされるじゃないか。自国の貴族達が大人しくしている確信がない以上、警戒するのは仕方ない」

ですよねー！　二人とも、大・正・解☆

自分のことですが、私もそう思います。魔王様への悪意も、この騒動に便乗したと受け取る気満々なので、ガニアやキヴェラ、サロヴァーラあたりはそこも警戒しているんだと思います。

あの三国の貴族達と私、超仲悪いんだもん。こちらの殺る気を知っていたら、魔王様や私への悪意を口にしそうな奴らの口を噤ませようとするだろう。『大人しく貝になっとれ！』と。

……。


別にお喋りしてもいいよ？

……私カラ会イニ行クカラネ？（ホラー調）

「今回は私を止める人がいないからねぇ……あと、割と皆が怒っているから、いつにも増して協力的と言うか」

言いながら眺めるのは、私の手元にある品々。これらは騎士寮面子を始め、居残り予定の人達からのありがた～い餞別の品なのだ。

おこづかい（貨幣や換金用の宝石）の準備よーし！

玩具（魔石や役に立ちそうな魔道具各種）の準備よーし！

おやつ（食べながら戦闘をこなせるような物）の準備よーし！

地図（シュアンゼ殿下提供・ハーヴィス&周辺のマップ）の準備よーし！

ほうら、とっても遠足感満載。目的はともかく、『遠足』扱いも間違いではないじゃないか。

なお、食料は基本的に現地調達。水は魔法で何とかなるので、強化済みのフライパンと調味料セットだけあればいい。

遠足だもの、移動中の食生活とて楽しみますよ！　セシル達との旅を思い出しますね！

「旅慣れた大人が二人も同行者だし、遠足というよりはキャンプに近いかも」

荷物を詰めながら口にすれば、セシル達もかつての旅を思い出したのか、顔が綻ぶ。

「今だから言えるのかもしれないが、あの旅は楽しかったな。そうか、あんな感じになるのか……」

「少々、同行される方を羨ましく思ってしまいますわね」

「今回の件が終わったら、コルベラでキャンプしようって話になってるじゃない。もしくは、セシルのお兄さんに野外訓練に混ぜてもらうとか」

「それはいいな！」

キャッキャとはしゃぎながら、私達の会話は弾む。……何とも言えない表情をした数名からの、生温かい視線はシカトです！　部外者からの物言いたげな視線なんて、気のせいなのです！

「いやいやいや！　『遠足』って何ですか、『遠足』って！　もっと物騒なものでしょうが⁉」

「サイラス殿、気にしたら負けだと思うよ？　いいじゃないか……私達は『三人が楽しく今後の予定を立てているのを聞いただけ』なんだから」

「いや、あの、あれは年頃のお嬢さん方が楽しそうに予定を立てるのとは別物な気が……」

「さてね？　私はずっと引き籠もっていたから、年頃のお嬢さん達がどういったことを楽しむかなんて、知らないな」

「ちょ、シュアンゼ殿下⁉」

顔を引き攣らせたサイラス君と、いい笑顔でスルーしているシュアンゼ殿下。好き勝手なことを言っているが、傍目から見ている分には楽しそう。

君ら、結構仲良しだな。国も近いし、灰色猫はサイラス君もお友達として確保する気かね？

第十二話　『遠足』、決行

――とある街道にて

「不気味なほど順調ねー」

これまで来た道を振り返りつつ口にすれば、同行者達は揃って肩を竦めた。

「まあ、仕方がないですよ。あれほど各国の要人達が集ってしまえば、どうしてもそちらを優先せざるを得ません」

「まあね。しかも、その場所がいくら『最悪の剣』の巣窟……もとい強さに定評のある騎士達の住処だったとしても、『騎士寮』ってとこが問題でしょ」

――セキュリティなんて、絶対に城に劣るじゃん。

そう続けると、銀髪の同行者――セイルは意味ありげに笑みを深めた。別に『セキュリティ皆無』というわけではない。基本的に、騎士は王族・貴族を狙う輩の邪魔者なので、襲撃その他に備えてある程度の『守り』はあるのだ。

ただし……あくまでも『ある程度』。

騎士は戦ってなんぼという、所謂『暴力のプロ』に該当する職業なので、『これくらい助力すれば、後は自分達で何とかするよね』程度の認識だったりする。

当然、『守られる立場』である王族や貴族達が滞在する城の方が、守りが厚い。……もっとも、『護衛のため』という名目で、騎士やその他の城の住人達に監視されることも含めてだけどね。

さすがに、宰相補佐様やグレンは城の客室に泊まってもらっている。彼らは其々が国の意向を受けた使者——表向きは違うかもしれないが、役目は同じ——なので、イルフェナからも『身分に沿った対応』が適用されていた。

そんな中、完全にイレギュラーなのが『魔導師の友人一同』という人々。

普通は『監視も兼ねられるし、騎士寮に泊まればいーじゃん？』という対応になるはずだけど、それは身分が平民、もしくは精々が下級貴族クラスまで。

いくら何でも、他国の王族相手に『お友達（＝魔導師）と一緒でいいよね？』とは言えんのだ。

ぶっちゃけた話、魔導師と悪巧みをされても困る。

……なお、魔王様は心底、これを警戒していたらしい。

勿論、私が他国の厄介事に利用されるといった『イルフェナの許可を得ないまま、魔導師が利用される』的な意味ではない。

『魔導師が勝手に厄介事に首を突っ込んだ挙句、イルフェナ側が知らないうちに玩具で遊び倒す』という事態を警戒しているだけだ。

つまり、魔王様の警戒対象は『他国の人』ではなく、『何をしでかすか判らないアホ猫』オンリー。

『ミヅキが利用されるはずないだろう。逆に玩具扱いをして、盛大に遊ぶだけだよ』とまで言い切りやがった。

これを聞いた騎士寮面子は、爆笑する者・真顔で私に反省を促す者・深く同意し頷く者という、三パターンに反応が分かれていた。

そして、当然のように否定の言葉は上がらない。騎士ズに至っては、『お前、少しは殿下を労れ』とばかりにお説教モード。

安定の信頼のなさに、乾☆杯。魔王様の中では『基本的にミヅキが元凶』という事実が根付いているに違いない。寧ろ、確信しているだろう。

……。

以前、面白半分に尋ねたら、『当たり前じゃないか』って真顔で言われたしな。

余談だが、『胸に手を当てて、これまでを振り返ってみなよ』とも言われたので、思い返し――

『確かに、そうかも?』と納得したら叩かれた、という後日談がある。

言われたとおりにして、魔王様の言い分に納得したというのに、理不尽だ。酷い話である。

——まあ、ともかく。

本来は城で守られるはずの人々が『個人的な用事』（意訳）とはいえ、私の暮らす騎士寮にいるのです。必然的に、騎士寮に居る騎士達は彼らの護衛担当というわけだ。

……そんなわけで。


本日、非常に……非常～にあっさりと、イルフェナを抜け出せてしまったのですよ。


勿論、これはシュアンゼ殿下達の協力があってこそ。彼らは今日に限って全員が別行動をし、私に向けられるべき視線（＝監視の目）を引き受けてくれたのである。

そして、あっさり抜け出せた理由のもう一つが、『守護役達が魔導師の傍に居た』という事実。『偶然』傍に居たジークと、ルドルフの命を受けて様子を見に来たセイルが『偶々』、私が抜け出そうとしているのを察し、そのまま付いて来てくれたからだったり。

端から見れば、『本日の魔導師のお守りはセイルリート殿とジークフリート殿か～』という風にしか見えないのです。この二人、見た目だけなら、まともに見えるしな。

そもそも、彼らは他国の人間なので、証拠もなく『魔導師が抜け出そうとしているようですが』なんて、訴えることは不可能だ。セイル達の力量を疑うことになってしまう。

よって、普通は同じ守護役という立場にある、アルかクラウスを通す形になるだろう。同僚達からの言葉ならば、不敬には当たるまい……という、姑息な判断です。

今回はそういった事情も利用……いやいや、考慮し、この二人が同行者となった。彼らとしても守護役という立場があるため、同行したことを突かれても、言い訳ができるのであ～る！

いやはや、持つべきものは理解ある友ですね……！　ろくでもない方面込みで理解があると、こういった時にとても助かります。

「今回は特殊な状況ですよ、ミヅキ。協力してくださった皆様とて、それは判っているのです。ですが、『友人達と悪戯を楽しむ一時』であることも事実。滅多にない機会ですから、皆様もついついはしゃいでしまうのでしょう」

「ああ、うん、それは判る！　皆、めっちゃ楽しそうだったもん。死んだ目をしていたのはサイラス君くらい。ヴァイスに至っては、真面目に任務扱いしていたし」

「ふふ。彼らもそのうち慣れますよ」

「だよねぇ」

「ははっ！　まあ、今回はかなり曖昧な命を受けているからな。キースに聞いたら、『お嬢ちゃんに従ってりゃ、いいんじゃね？』と言われたから、俺はミヅキに従うぞ？」

「ああ、私も同じですよ。ミヅキを案じての同行だと、ルドルフ様から命じられております。判りやすく言うなら、『保護者の監視が外れた黒猫が何をするか判らないから、万一の時は付いていけ。あいつを一人にするな』ですね」

「……。つまり、基本的に私が悪い、と」

「はい」

「まあ、ミヅキが元凶だな」

「……」


お前ら、後で覚えてろ。


後で一緒に叱られてはくれるけど、主犯を問われたら、満場一致で『ミヅキです』になる模様。

でも、今後の行動はともかく、抜け出す際の『あれこれ』（意訳）を考えたのは私じゃない。私の発案じゃないぞ⁉　濡れ衣だ……！

「酷っ」

「いや、お前が元凶ってのは事実だろ。力業での脱出にならなくて良かった分、感謝しとけよ」

「……」

即座の突っ込み、ありがとーう！　……実は今回、『もう一人』同行者がいたりする。

「君も共犯者じゃないですか、双子の片割れ殿？」

「だよな。まあ、俺としては、君が片割れと共謀して付いてくるとは思わなかった」

「う……煩いですよっ！　セイルリート将軍にジークフリート殿！」

やや顔を赤らめながら返すのは、騎士ズの片方であるアベル君。何と今回、自発的にアベルが付いて来てくれました！

この双子は基本的にセットで行動するので、別行動はちょっと意外。でも、魔王様の意向よりも私を優先してくれたことの方が、もっと意外だった。

ただし、彼らは基本的に小心者（自己申告）なわけでして。


残った片割れが、グランキン子爵事件（＝クリスティーナ関連の騒動）の際に使った変装用の鬘を駆使し、一人二役を演じているのだった。協力者もいるんだってさ。

なお、休暇届は『出したけど、うっかり確認を怠っていた』ということにされるらしい。この協力者は何と、団長さん。しかも、騎士寮でアベルから休暇届を受け取った際に、しっかりと懐に仕舞う姿を見せ付けるという徹底ぶり！

その休暇届を『うっかり』自分のところで止めてしまっていた、ということにする模様。まあ、実際に今は忙しいので、説得力は抜群だろう。

こんなことが裏で行なわれるあたり、イルフェナ……特に騎士達はガチギレしてるんだろうな。騎士ズはその特殊能力――あらゆる危険を事前に察知する『危機回避能力』を団長さん達に知られているので、サポート役として同行させてくれたのだろう。

「照れるな、照れるな、あんたの能力を知っているから、同行は純粋にありがたいと思うよ」

「うっせぇよ。……俺達だってなぁ、殿下が襲撃されたことには頭にきてるんだよ！」

ひらひらと手を振りながら言えば、アベルは照れ隠しとばかりにそっぽを向く。……だけど、私達はしっかりと彼の言葉を聞いていた。ついつい、笑みが深まってしまう。

「エルシュオン殿下は慕われているんだな」

「我らが魔王様だもん！」

どこまでも純粋に、事実だけを拾うジークの言葉。それを肯定しつつ、私達は足を進めた。

※※※※※※※※

――一方その頃、エルシュオンの私室では。（エルシュオン視点）

「……」

「……」


部屋を訪ねてきた友――ルドルフの『ある持ち物』を持ったその姿に、私は大いに困惑した。

それも仕方ないだろう。何故、ミヅキに『親猫様（偽）』と命名された、超大型猫のぬいぐるみを持っているんだ……？　しかも、ご丁寧にも子猫付き。

そもそも、あれは私の執務室にあったはず。ミヅキが持ち出していなければ、アル達くらいしか犯人が思いつかない。

そんな思いと共に、アルに視線を向けると……さり気なく目を逸らされた。

……。

そうかい、君かミヅキの仕業なんだね？

私は深々と溜息を吐いた。うん、判ってた。ミヅキを大人しくさせるなんて、無理だってこと。

なにせ、今回ばかりは協力者達が多過ぎる。目の前のルドルフとて、その一人なのだから。

いくら何でも、アル達に全ての非を押し付けて、その責を問うなんて真似はできまい。ミヅキの協力者達は各国の要人、下手をすれば友好国の王なのだ……どう考えても、ミヅキの方が有利だろう。ミヅキとて、それを判っていて利用しているだろうし。

「一応、聞いておく。ルドルフ、『それ』はどうしたんだい？」

「ん？　俺がよく眠れていないことを察したミヅキから、お守り代わりに渡された。曰く、『ぬいぐるみでも親猫様なんだから、悪夢から守ってくれる』と」

なるほど、ミヅキが持ち出したのか。一応は、友を気遣ってのことらしい。

「ほう。ちなみに効果は？」

「おお！　もう、ばっちり！　ガニアではこれに弱音……じゃない、敵に対する殺意を聞かせていたらしいから、やっぱり呪いの一つや二つは掛かってるんじゃないか？」

「後半は聞きたくなかったよ……！」

思わず、頭を抱えてしまう。自分を模したらしいぬいぐるみが、友人の眠りを守っていること自体は微笑ましい。ミヅキの気遣いも頷ける。

そう、それはいいんだ。問題は『それなりに効果があった』こと。気のせい、もしくは偶然であることを信じたい。

「あ、そうそう。俺は今回、メッセンジャーなんだ。ってことで、受け取ってくれ」

「は？　いやいや、君は隣国の王であってね？　間違っても、メッセンジャーとやらにはならないんだが」

「ミヅキ相手に、そんな言い分は通用しないだろ」

「……」

「……」

「確かに」

「な？　ってことで、受け取ってくれ」

そう言うなり、ルドルフは子猫のぬいぐるみを差し出した。小さな黒い子猫は、前足の間に挟むようにしてメッセージカードを抱えている。

……。


どうしよう。嫌な予感しかしない。

恐る恐るぬいぐるみを受け取り、前足に挟まれていたカードを裏返す。そこには見覚えのある字でこう書かれていた。

『家出します♪』

ピシッと空気が凍った気がする。一瞬の沈黙の後、私はぐしゃりとカードを握り潰した。

「あ……あんの、馬鹿猫がぁっ！」

「おやおや、『家出』ですか。飼い主に構ってもらえなくて、拗ねましたかね？　……ふふっ」

「あちゃー……さすがミヅキ、小賢（こざか）しい。立場上、エルシュオンが強く出れないからこそ、メッセンジャー担当が俺になったのか」

呑気にカードを覗き込むルドルフとアルの姿に、頭痛が更に増した気がした。

ミヅキ……後で覚えていなさい！

第十三話　魔導師の教え子達、意外と良い仕事をする

――ガニア・王城にて

「……というわけだ。詳しくは魔導師殿からの手紙、そしてシュアンゼからの報告書を読んでみてくれ」

どこか疲れたような表情のテゼルトはそう言って、魔導師の教え子である三人へと手紙を渡す。

三人は顔を見合わせると、其々が手紙に目を通し……読み終えるなり、何とも言えない表情でテ

ゼルトを見つめた。

「あのよぉ、テゼルト殿下……」

非常に言いにくそうにしながらも、カルドが口を開く。

「イルフェナの魔王殿下って、教官の保護者だろ？　しかも、教官が滅茶苦茶懐いてるってやつ」

「うん、そうだね。その認識で正しいと思うよ」

「もう、仕掛けてきた奴らは詰んでないか？　できるだけシカトして、他人の振りしようぜ？」

「私もそう思ってはいたけれど、君達からの後押しは聞きたくなかった！」

頭を抱えるテゼルトの姿に、三人は揃って遠い目になった。彼らとて、テゼルトを困らせたいわけではない。だが、今回ばかりは優しい嘘など意味がないと、理解できてしまっているのだ。無駄な期待はさせない方が傷は小さい。

「よりにもよって、『あの』教官の地雷を踏み抜くとはなぁ……教官が魔導師ってことは、知られてるんだろ？　ハーヴィスの奴らは滅亡願望でもあるのかよ」

「ちょ、イクスさん！　思っても今は言わない方が……っ」

「そうは言うがな、ロイ。教官は俺達を鍛えた時も『あの状態』だったんだぞ？　それが明確に敵意……いや、今回は殺意か？　そんな感情を抱いて仕掛ける以上、洒落にならねぇと思う」

「……」

訓練時を思い出し、顔色を悪くするロイ。だが、慰めの言葉は誰からもかけられなかった。

「黙るなよ、ロイ。お前が教官を尊敬していることは判っているが、個人の性格は別問題だ。まあ、あの人のことだから、いきなり破滅させることはしないだろうさ」

「そ、そうですよね！」

「『つまらない』って理由からだろうがな。一気に終わらせるほど、あの人は優しくねぇだろ」

「そこの二人！　私にちらちら視線を向けながらも、不穏(ふおん)な会話をするんじゃない！」

「「……」」

「可哀想なものを見る目を向けるのも、頼むから止めてくれ……」

「「……」」

「判ってる。判ってはいるんだよ、希望がないことなんて……！」

ガニアの王太子・テゼルト。シュアンゼからの報告書に頭を痛めていた彼は、魔導師ミヅキの教え子達の手により絶賛、更なる不幸へと突き落とされている。

なお、イクスとロイに悪気はない。彼らは己の師を知るからこそ、希望的観測なんてものはしないのであった。

余談だが、カルドが会話に加わらなかったのは彼なりの優しさである。

三人の中で最も気遣いのできる男は、目の前の哀れな王太子――これでも北の大国の王子なのだ――にダメージを与えることを良しとせず、ただ一人、貝になって口を噤んでいた。

そんなカルドとて、仲間達の会話を否定してはいない。

個人的には深く頷き、心の底から同意している。

ただ口にしないだけ。それだけでもテゼルトへの優しさが光るあたり、残る二人は無神経と言うか、自分に素直と言うか、まあ、その、師であるミヅキに近い性質をお持ちのようであった。

ミヅキが教官となって彼らを鍛えた日々は極短くはあったが、師弟関係は確実に築かれていたのだろう。朱に交われば赤くなるとばかりに、『異世界人狂暴種』などと呼ばれる存在に鍛えられた三人組は元からの図太さもあって、順調にミヅキに馴染んでいた模様。

三人組がシュアンゼの配下となった以上、そういった要素を持つ者が居ることは頼もしい。そう、ガニアにとっては喜ばしいことなのだが……同時に、被害を受ける人間もいる模様。

そもそも、彼らの上司はシュアンゼ（予定）。彼は大人しそうな見た目と違って、中身は『灰色猫』と称される生き物なので。今後、地獄を見る元王弟派の貴族達は多いだろう。

「まあ、馬鹿な話はここまでにして。……君達の意見を聞きたい。ミヅキからの手紙とシュアンゼの報告書を読ませたのは、君達ならばどう動くかを聞きたいからだ」

パン！　と手を打って顔を上げたテゼルトの表情に、三人は表情を改める。その切り替えの早さに護衛の騎士達が息を飲んだが、三人組は元傭兵……そういったこともまた、生き残るための必須事項であった。

「さっきの『シカトして、他人の振り』ってやつじゃ駄目なのか？」

「それはシュアンゼも提案していたしね。基本的に、我が国は『無関心を装う』ということになる。だが、それだけでは足りない……と思う。だからこそ、我々とは違った環境に居た君達の意見を聞きたかったんだ」

イクスの言葉に、苦笑しながら返すテゼルト。そんな彼の言葉に驚いたのは三人の方だった。大国の王太子が、元傭兵の意見に耳を傾ける価値があると口にした。貴族達の身分至上主義を知る三人からすれば、驚くのは当然のことである。

シュアンゼは少々特殊な状況にあったこともあり、それほど壁を感じたことはないのだろう。だが、テゼルトは王太子としての姿を見てきたこともあってか、三人からすれば決して気安い存在ではない。


そんな王子が、傭兵如きに意見を求める。

これほど愉快で、嬉しく思うことがあるだろうか？


テゼルトは無意識だったのだろうが、その誠実さは三人の心を大いに揺さぶった。シュアンゼもおらず、彼らの教官たる魔導師の姿もないのに、テゼルトは三人を軽んじたりはしないのだ。そう確信できて。

彼はこの時、本当の意味で三人組の信頼を得たのだ。仮初の信頼や、シュアンゼを通じての仲間意識はあっただろう。だが、直接の信頼関係はこれまで築けていなかった。

勿論、それは仕方がないことではある。テゼルトの身分を考えれば、彼の手足として動くのは信頼する貴族や騎士であり、民間人に過ぎない三人組ではないのだから。

だが、テゼルトは今回、あえてそれを依頼してきた。そして、魔導師の教え子たる三人は……その誠実さを汲み取れぬような愚か者ではない。

「……。ロイ、お前が意見を言え」

「僕でいいんですか？　イクスさん」

「お前は魔術師で、一番、教官に似た考え方ができる。俺達よりはマシだろう」

「そうだな、俺もそう思う。『対策を考える』って意味なら、お前が適任だ」

イクスに続き、カルドもロイが意見を述べることを推した。二人は決して、ロイに責任を丸投げしているわけではない。まさに『意見を述べるなら、ロイが適任』と言い切っているのだ。

そこにあるのは培(つちか)われた信頼、そしてロイの能力を認めているゆえの『確信』。共に責任を負うことになろうとも仲間を信じるという、彼らの選択である。

ロイはそんな二人の気持ちを感じ取ると、考えるように目を眇めた。魔術師らしく、ロイは頭脳派だ。そして彼の性格上、あまり気付かれることはないが……それなりにプライドが高い。

仲間達の期待や魔導師の弟子という自負もあり、ロイはひたすら『最善』を考える。醜態を晒す気はないのだ。現状で出せる最高の一手を考えたいと思うのは、魔術師たるロイの意地である。

「……。テゼルト殿下の守りを固めます。無関心を装うことが決定しているならば、現状ではそれが最優先と僕は判断します」

「理由を聞いても？」

「勿論です」

言うなり、ロイはテゼルトから手渡された手紙に視線を落とした。

「エルシュオン殿下への襲撃から、時間はそれなりに経っているでしょう。少なくとも、教官はイルフェナへの悪意が向けられる可能性を潰し、イルフェナがハーヴィスを糾弾できるだけの根回しを完了させています。これはシュアンゼ殿下からの報告にありましたね」

「そうだね。状況が状況だからこそ、イルフェナも即抗議することができなかった。あまりにも現実離れした襲撃理由だし、他国からの目も気にしなければならなかったから」

ロイの指摘に、テゼルトが頷くことで肯定を。今回の一件が『ただの襲撃事件』にならなかったのは、その理由の奇妙さから。

いくら『血の淀み』を持つ王女が絡んでいようとも、すぐに信じられるはずはない。そもそも、ハーヴィスに『血の淀み』を持つ王女がいることなど、ほぼ知られていなかったのだ。

そして、襲撃の対象がイルフェナのエルシュオン殿下——通称『魔王』。

誰もが首を傾げる奇妙な襲撃理由と、恐怖の対象として名高かった王子の評判が仇となり、イルフェナは即座に動くことができなかった。


そんな状況に激怒し、根回しを徹底した挙句、現在の状況に持ち込んだのが、魔導師ミヅキ。

彼女の人脈にも驚くだろうが、真に恐れるべきはその執念。彼女は明言しているように、親猫と慕う存在へと悪意が向けられることを許しはしなかった。

「僕が気にしたのは、『かかった時間』です」

「時間？」

「はい。教官達が気にしているのは、『アグノス王女の襲撃を利用し、動こうとしている者達が居ること』。イルフェナが動くことができなかったのも、彼らに都合よく踊ることを警戒していたせいだと書かれています」

「ハーヴィス王妃からの書でも、その確認が取れていたね」

「ええ。ですが、部外者の視点ではそれが正しいか判りません。ですから、僕はそれが正しいと仮定して、テゼルト殿下の守りを固めることを提案しました」

そこでロイは一度言葉を切り、テゼルトへと視線を合わせた。その視線は驚くほど強く、テゼルトの護衛を担っている騎士達が息を飲む。

――誰だ、『これ』は。

そんな声が聞こえてきそうなほど、ロイは纏う雰囲気を変えていた。対して、イクスとカルドは面白そうに……頼もしそうに話を聞いている。

「イルフェナは慎重過ぎた。これでは画策した者達に、計画が破綻したと思われても不思議はありません。勿論、奇妙な襲撃理由である以上、ある程度の困惑は当然と、割り切っていたと思います。ですが、根回しまで済まされるとは予想外でしょう。そして、画策した者達はその事実を未だ、知らない。『イルフェナが予想以上に行動を起こさないからこそ、次の計画を実行に移す可能性がある』。そう、僕は見ています」

「イルフェナへの襲撃が続くとは考えないのかい？」

「教官……魔導師がいることと、イルフェナの特性を知っていたら、危ない橋は渡りませんよ。二度目は失敗する可能性が高い上、間違いなく裏を疑われます。ならば、『同じ条件を満たした王子の居る国を狙う』と思いませんか？」

ロイの言葉に、テゼルトは思案するように目を伏せた。

「……我が国とキヴェラか」

「正確にはテゼルト殿下と、ルーカス殿下のお二人ですね。ですが、この襲撃を利用したい者達からすれば、かの名君と呼ばれるキヴェラ王がいらっしゃるキヴェラを狙うよりも、王弟夫妻の醜聞によって荒れているガニアの方が狙いやすいのではありませんか？」

「……」

ロイの言い分は、単なる消去法である。『二つの国を比べた場合、どちらが狙いやすいのか』という前提の。だが、それを否定する要素はなく、寧ろ、納得してしまえるものだった。

言い換えれば、ガニアは非常に狙われやすい状況にあるのだ。事の発端がハーヴィスであるならば、同じ北に属する国という意味でも都合がいい。

唯一の不安要素がシュアンゼと繋がりのある魔導師だが、彼女は帰国したと知られている上、ガニアという『国』に対しては良い感情を持っていない。数名、親しい友人がいるというだけだ。

そういった意味ではキヴェラも似たり寄ったりなのだが、何故か、ミヅキはキヴェラ王やルーカスと共闘する程度に仲が良い姿も目撃されているので、狙い目はやはりガニアだろう。

「私の守りを固める、か。まあ、先の一件のことを踏まえれば、守りを固めることは不思議じゃない。王弟一派に属していた貴族達は沢山いるからね」

「守りという意味では、シュアンゼ殿下から付けられた僕達も使えますしね。それに僕達が関われば必然的に、教官も関係者になってくれるでしょう。これが僕の意見とさせていただきます」

ロイは言い切ると同時に、肩の力を抜いた。よくやったと言わんばかりに肩を叩く仲間達の態度に、ロイの顔には笑みが浮かぶ。信頼を得ているからこその労(ねぎら)いは、ロイの心を温かく満たした。

「判った、その案でいこう。シュアンゼから続報が入り次第、対応は行なっていく」

暫しの沈黙の後、テゼルトが宣言する。それは次代を担うに相応しい、頼もしい姿であった。


――その後。

『黒猫が家出した。親猫が盛大にお怒り中』


という、妙に短いメッセージがシュアンゼから届くことになる。それが切羽詰(せっぱつ)まった状況なのか、単に時間がなかっただけなのかは判らないが、シュアンゼらしくないことは事実である。

また、彼の傍仕えであるラフィークが何もしなかったとは思えない――彼はシュアンゼの報告がガニアの行動を左右すると理解できている――ので、『情報の意を得たシュアンゼは即、ガニアへと知らせた』と認識されるには十分であった。

黒猫は予想通りにお怒りであったと、誰もが確信した一幕である。

そもそも、家出の詳細は何も語られていない。……怖過ぎるだろう、どう考えても！

シュアンゼの現状を察した人々が遠い目になり、遠い国に居る親猫へと何とも言えない感情を向けるのも、仕方がないことなのだろう。

「エルシュオン殿下……別の意味でお見舞いを送った方が良いかな」

テゼルトのそんな言葉に、三人組は己が教官たる、魔導師を思い出し。……深々と溜息を吐いたのであった。

第十四話　予想外のエンカウント

――キヴェラ某所にて
ハーヴィスに『ご挨拶』に向かった数日後――
「貴様は一体、ここで何をしているんだ」
キヴェラのとある町にて、ルーちゃんに捕まっております。いや、実際に私を見付けたのはヴァージル君なんだけどさ？

現在地はルーちゃん達が泊まっている宿の部屋。秘密のお話上等！　と言わんばかりに、防音・防犯対策ばっちりさ。お忍びに最適な、素敵なお部屋です。

……。

だから、連れて来られたんだけどね。

ぶっちゃけ、拉致に近かった。サイラス君経由で現状報告が成されているようだから、私の姿を目にして即、『他の奴にこいつを見られたらヤベェ！』的な判断を下したのだろう。

現在の私は家出という名の遠足中。目的地はハーヴィスですよ♪　遊ぶ（意訳）場所もハーヴィスだけどな……！

「え、楽しい旅のための食糧買い足し」

嘘ではない。同行者達はもれなく顔が良いため、超目立つのだ。よって、私とアベルが手分けをして買い出し中だった。

「魔導師殿、君が居たのは酒場なんだが……」

「そだよ？　私を含めて、参加者は全員、成人済み。ろくに転移法陣を使えない以上、旅に時間がかかるのは当然。今夜のお楽しみは炙ったベーコンと美味（おい）しいお酒です」

「危機感がなさ過ぎだろう！」

「魔導師殿、少しは状況に合った行動をしようか……」

ルーカスは怒鳴り、ヴァージル君は頭を抱えている。比較的真面目な思考回路をしている二人からすれば、私達の行動は理解できないらしい。

何だよー、これまで苛立ちマックスな状況にあったんだから、少しくらいはストレス軽減に努めてもいいじゃないのさー。

……勿論、これも事実である。寧ろ、必要事項と言ってもいい。

なにせ、同行者にはセイルがいる。ルドルフを危険な目に遭わされた挙句、襲撃時、自分は何もできなかったと痛感している、ヤバイ奴がいるのである。

そういった意味では、いつものように王族御用達とも言える転移法陣が使えないのは幸いだった。セイルの感情の赴くまま、惨殺事件がハーヴィスで起きてしまう。

なお、転移法陣が全く使えないわけではない。商人達が使う程度のものはアル達の権限で使わせてもらっている。

ただし、どうしても個人的な権力の使用になるため、直結でハーヴィスや他国の王都近辺に出るようなものは使えないいんだそうな。

ゆえに、『野営や宿泊ありの、数日をかけた遠足』なのです。なに、同行者達の間で交わす会話の内容がちょっと殺伐としたものになるだけさ。基本的に楽しい集団行動ですよ。

「って言うかね、ルーちゃん達こそ、何でここに居るのさ?」

思わず、質問を返す。どちらかと言えば、そちらの方が疑問に思うだろう。ここはキヴェラの王都ではなく、アルベルダに近い場所にある町。寂れているとは言わないけれど、そこまで人の行き来がある場所でもない。

どちらかと言えば、旅人達が立ち寄る場所なのよね、ここ。王族直々の視察があったり、大きな事業に携わっていたりするようにも思えなかった。

そういったことを口にすれば、ルーカスは暫し、視線を泳がせ。

「……エレーナ達の墓参りの帰りだ」

ぽつり、と理由を告げた。

「俺の行動はこれまで制限されていた。勿論、それも当然だとは思う。だが、貴様がリーリエの一件で色々とやらかした結果、『国に貢献することこそ、罪の償いとなる』と、父上が言い出されたんだ。俺に否定的だった貴族達からも、ちらほらと賛同者が出た」

「あ～……なるほど。まあ、キヴェラ王の立場からすれば、『自分達にも非があった』とは言えないか。とりあえずは、イメージの改善が成功したことで満足するしかないね」

「個人的な場において、謝罪をしていただいた。それで十分だったんだが、まあ、他の奴らも同じ意見だったらしくてな……随分と簡単に意見を覆してくれる」

言いながらも、キヴェラ王からの謝罪の時と違い、ルーカスは忌々(いまいま)しげだ。不思議に思って首を傾げると、今度はヴァージル君が口を開く。……が、こちらもルーカスと同じく、あまり機嫌は良くなさそう。

「君への対抗策という意味もあるからだよ、魔導師殿。勿論、己の過去を悔い、ルーカス様を表舞台に戻そうとする方達もいた。だが、それだけじゃない」

「ああ、私がルーちゃんと仲良さげにしてたことから、ルーちゃんの価値を知ったってやつ？」

「その通り！　……正直なところ、ルーカス様の努力を軽んじられたような気がして、不快に思えて仕方ない。君のご機嫌取り、という捉え方をされたからね」

「よせ、ヴァージル。今の俺にはそれだけの価値しかないということだ」

「しかし……！　……。申し訳、ございません。最も悔しい思いをされているのは、ルーカス様ご自身ですよね」

「気にするな。お前を含め、憤ってくれる者がいる。それだけで十分だ」

ヴァージル君は未だ、悔しそうだったけれど……ルーカスの言葉に表情を緩めた。当事者であるルーカスが文句を言わない以上、彼の騎士であるヴァージル君がいつまでも愚痴を言うべきではないと判っているのだろう。

そんな二人の姿に、私も安堵する。エレーナとて、彼らの現状を知れば安堵するはずだ。

「ふふ、それなりに上手くやっているみたいで安心した」

主従の姿に和みつつ口にすると、二人は揃って私へと視線を向ける。

「お前の周囲が常に物騒過ぎるんだ。王族でもないのに、何故、騒がしい」

「私のせいじゃないもん！　……半分くらいは」

「はぁ……。俺が言うのもなんだが、エルシュオン殿下経由で依頼された仕事が原因か？」

「まあ、そんなところ。基本的にやり方が私に一任されるから、私が騒動の中心にはなるけどね」

部外者だからこそ、できることがある。そもそも、私に仕掛けてくるのは必ず『獲物』の方。

「民間人の魔導師……なんて、選民意識や野心がある奴からすれば、接触しておきたい存在なのよね。そこで私を侮るから、あっさり足元を崩される」

「世間的には、『断罪の魔導師』だからな。まあ、それを信じる者はお前と親しくないか……お前自身に『親しくなる価値がない』と判断された者だろう」

「ルーちゃん、辛辣！」

「事実だろうが。だいたい、無報酬で動くような奉仕精神などあるまいに」

呆れた眼差しを向けてくるルーカスに、私はにっこりと笑った。ヴァージル君は多少、複雑そうにしながらも、やはりルーカスと同じ目で私を見ている。


当たり前じゃん？　魔導師って『世界の災厄』が定説よ？


それを割と理解しているのが王族の皆様なのですよ。と言うか、私の本性を見抜く目を持っていると言った方が正しいか。そういった人達って、魔王様の善良さにも気付いていたみたいだし。

……王族の持つ人脈の何が怖いって、『他国を頼れること』なんだよね。他国の者であろうとも、『王族』は無視できないのです。今回で言えば、ハーヴィス王妃からの書がそれに該当。

勿論、その分しっかり借りを作ることにはなるけど、対抗勢力にとっては予想外の人材が派遣されてきたりする。そこから切り崩しが始まるのだ。

その最たる者が今の私。居候をしている分、しっかりとイルフェナのために働きますよ！

……もっとも、魔王様が善良過ぎる人なので、『イルフェナに対する借り』というほどのことにはなっていないようだけど。

まあ、それもあって『魔王様、実は善人説』なんてものが広まってきたのですよ。悪意に満ちた噂通りの怖い人なら、とんでもなく大きな『借り』にされるからね。

なお、未だ、貴族全体にそれが浸透しないのは偏に、私がやらかしている『あれこれ』がろくでもないことだからであ～る。私は自覚のある自己中なので、『魔導師らしい方法』（意訳）を取って、この状況を楽しんでいる。


望まれたのは結果なのです。私が遊ばせてもらっても問題なし。

嘗めてかかった挙句、痛い目を見る奴らのなんと多いこと！


『チョロ過ぎだろ、馬鹿じゃね!?』と思ったことも、一度や二度ではない。アル達曰く『身分がないからこそ、抑え込めると油断するのでしょう』とのこと。

――それを判っていながら魔王様に依頼し、私を送り込んでいるのが各国の王族達。

どれほど優しげに見え、その政治の在り方が善良であろうとも、彼らが選ぶのは国である。生涯をかけた命題の前に、『多少の犠牲』（意訳）なんて気にするものかい。

『玩具（＝自国のお馬鹿さん）で遊んでいいから、お片付けまでお願いね？』

『うん、判った！　親猫様の評判改善、宜しゅう♪』


……現状、こんな感じよ？　マジで。使い勝手の良い駒扱いされようとも、私にとってもメリットありなので、何の問題もない。個人的な人脈だってできていくもの。

『断罪の魔導師』はこうやってでき上がったのです。無報酬（ほうしゅう）で動いたように見えるからそんな風に呼ばれているけど、形のない報酬はきちんとあるのだ。

「……まあ、勘違いしている人も多いみたいだけど」

「それが今回、ハーヴィスで暗躍している者か」

「多分ね。私は基本的に『ターゲットしか狙わない』から、報復がアグノス、もしくは王族止まりとでも思っているようだけど」

　クスクスと笑いながら告げると、主従は顔を見合わせて。

「ありえん」

「それはエルシュオン殿下の意向に沿っているだけだろう？」

　揃って即、否定した。ですよねー、セシル達だってそんなにおめでたいことは言わないし。

「面倒がって放置することはあるだろうが、お前が『許す』という選択をすること自体、信じられん。『猫は祟る』と口にするくらい、執念深いだろうが」

「そだよ？　だから、お仕事は魔王様経由なのにね」

「あ～……それを知らないから、ハーヴィスはエルシュオン殿下への襲撃なんて画策したということかい？　魔導師殿」

「そうでなければ、最強の抑止力である魔王様を狙わないでしょ。アグノス本人はともかく、アグノスを利用した裏工作に一生懸命な連中は、最初から間違えているのよ」

納得、とばかりに頷く主従。どうやら、彼らも魔王様への襲撃を疑問に思っていたらしい。

まあ、それも仕方がない。キヴェラは過去、魔王様に助けられたようなものなので、『魔王殿下負傷　→　魔導師激怒の挙句、国滅亡の危機』という流れがあると予想できる。

言い換えれば、『世界の災厄』を自国に招く自殺行為にしか見えないわけだ。だからこそ、『何故、そんな真似を？』とでも思っていたのだろう。

「サイラスから連絡を受けていたが、お前に対するハーヴィス側の認識の甘さが発端なのか」

呆れを隠さずにルーカスが言えば、ヴァージル君も深く頷いている。

「まあ、どんな理由があっても許さないけどね」

ニヤリとしながら宣言すれば、二人は揃ってジト目になった。

「何をするつもりだ？　このまま、ハーヴィスに報復に行くと思っていたが」

「ああ、だから『こんな所で何をしている』って言ったんだ？」

「当たり前だろう！　お前が何をしでかすか気になっている国も多いというのに、呑気に旅を満喫する奴があるか！」

「いやいや、今回は『ご挨拶』程度だって！　それにさ、『イルフェナや魔王様に対し、何らかの行動を起こす時間があった』っていう『事実』も、こちらが事を有利に進めるためには必要かと」

私の意図することを察したのか、ルーカスは表情を変えた。

「……！　そうか、それもハーヴィス側に謝罪の意思がない証明になるか」

「私がイルフェナを出てから数日あったんだから、報復待ったなしでも構わないんでしょうねぇ」

私が『ご挨拶』に向かっている間に、ハーヴィスがイルフェナと魔王様に『ごめんなさい』ができたならば、それだけで済ませようじゃないか。

私は超できる子を自称しているので、飼い主からの『待て』は聞きますとも。

「まあ、今回は家出しちゃったから、実際には『待て』なんて聞けないけどね！　だから、『ご挨拶』は絶対に決行。協力者達もそれを期待してる」

「「は⁉」」

『家出』という単語に驚いたのか、主従が私をガン見した。

「マジ！　だから、親猫様が超怖い！　絶対に、激おこです！」

「き、貴様、何という真似を……」

「ハーヴィスの使者が来たとしても、そんな魔王様に会わなきゃならないなんて可哀想ですね！

なお、過去の私の所業をバラしてくれる人々もいる。恐怖倍増です！」

ざまぁ！　と言わんばかりに上機嫌な私とは対照的に、ルーカス達は呆気に取られている。

はは、やだなぁ、ルーちゃん。私が『何の嫌がらせもせず、イルフェナを出てくる』なんて、優しい真似をするはずないでしょー？

「何を言うか判らないけど、状況の拙さと魔王様の威圧に恐れ戦け！　泣き叫べ！　それくらい情けない姿を晒せば、皆も少しくらい優しい目で見てくれるさ」

「いや、それはどう考えても、イルフェナが激怒しているようにしか思えないんじゃないかな？　魔導師殿、エルシュオン殿下を恐れさせたくはないのだろう⁉」

「ハーヴィス相手なら、それくらいしてもいいと思う。あそこ、駄目だわ。こちらが圧倒的に優位と思い知らせなきゃ、状況を理解しないって」

これまでの『あれこれ』を思い出し、やさぐれかけた私の態度に何かを感じ取ったのか、ヴァージル君は口を噤む。何となく察したらしいルーカスも同様。

マジだぞ、ヴァージル君。ハーヴィスはルーカスのことも嘗めてかかる可能性があるから、初手でビシッといくべきだ。ルーカスだって、狙われる可能性があるんだよ？

「はぁ……ハーヴィスはそこまで愚かなのか」

「協力者達がノリノリの時点で、『要らねーな、あの国』って思われていることは確実だと思う」

「……。お前の言い方もどうかとは思うが、今後の参考にしよう」

顔を引き攣らせるでない、ルーちゃん！　事実！　これは事実ですからね⁉

ルーカスは暫し考え込むと、一つ溜息を吐いた。そして、私へと向き直る。

「お前の同行者をここに連れて来い。今夜はここに泊まり、明日、俺と共に転移法陣を使え。そうすれば、多少なりとも時間短縮になるだろう。丁度、ガニアに書を届ける予定があるから、そちらもヴァージルに同行すればいい」

「お？　協力してくれるの？」

「エルシュオン殿下があまりにもお気の毒だからだ！」

「お、おう……心配するのはそっちか」

どうやら、ルーカスにも『親猫の苦労』（意訳）が理解できてしまったらしい。

なお、これを知っている人々は魔王様に対し、尊敬の念を抱くそうな。……『よくぞ、【あれ】（＝魔導師）の面倒を見ていられますね』的な意味で。

「宜しいのですか？　ルーカス様」

「構わん。そもそも、今回の件に関して我が国の対応は俺に一任されている。ここで恩を売っておくべき相手は、こいつだろう。ハーヴィスには大して恐れる要素がないが、こいつは何をしでかすか判らん」

「ああ、まあ……そうですね」

「とりあえず、『挨拶』と言っているんだ。ハーヴィスがどれほど愚かであろうとも、いきなり滅亡はしないだろう」

主従は再び私に目を向けると、揃って深々と溜息を吐く。その『頭が痛い』と言わんばかりの態度に、私は彼らにジト目を向けた。

何さー！　仕掛けてきたのは向こうじゃないかよー！

私、今までちゃんとお留守番してたもん！　状況が整うまで、良い子にしてたもん……！

……。

いつもよりは。

少なくとも、破壊活動やお礼参りは行なっていない。精々、自作した藁人形に思いを込めて、釘を打ちまくっていただけだ。

「じゃあ、皆と合流してここに連れて来るわ。今夜は飲もうぜー！」

「ば……っ……馬鹿者！　何を考えている！」

「楽しい楽しい飲み会のことー！　ついうっかり、要らんことまで話しちゃうかもなー！」

お酒は美味しく楽しく飲むものなのです。ちょっとばかり楽し過ぎて、今回の一件を詳しく喋っちゃうくらい、口が軽くなるかもしれないだけさ。

ひらひらと手を振りながら部屋を後にする私の背に、主従の会話が追いかけてきた。

「何故、あいつは物事をああも楽観的に捉え過ぎるんだ……」

「情報提供という意味では感謝できますが、素直に喜べません……」

気にするなよ、ただの飲み会なんだから。楽しもうぜ？

第十五話　思わぬ幸運、楽しき飲み会

ルーカスに偶然会い、『途中まで送ってあげるから、今日はここにお泊まり』（意訳）という言葉をもらった後。

「……以上、今回の出来事です」

皆を呼びに行き、夜は本当に飲み会をした。色々と気を遣ってくれただろうしね、宿とかさ。

この宿、多分だけど……ルーカス達の貸し切りに近いはず。いくらお忍びだろうとも、キヴェラの第一王子が騎士一人を連れての旅とか無理だろう。

ルーカスが自衛できるほどに強く、ヴァージル君がルーカスの腹心であったとしても、許されまい。常に傍に人がいる状況が『当然』……身分とはそういうものなのだから。

勿論、私もただお世話になるだけで終わる気はない。イルフェナで何があったのかを、できるだけ詳しく話しておく。ルーカスも狙われる色彩をしているので、自衛のためにもこれは必要だろう。

アグノスを利用したい奴らが動いていた場合、イルフェナが駄目なら次……という感じに狙われる可能性もゼロではない。自衛、大事。無事を願うなら、事前の情報提供は必要事項です。

「予想以上に酷いと言うか、呆れてものが言えん」

「サイラスは的確な報告をしたと思っていましたが、その、当事者達の話は重みが違いますね」

私の話を聞くなり、ルーカス達は難しい顔をして無言になった。サイラス君からの手紙以上に詳しい私の話を聞き、イルフェナ側の対処の難しさが理解できたらしかった。

『やられたら、やり返す』で済まないものね、今回は。

これでキヴェラが最初に狙われでもしていたら、正直なところ、詰みだった。キヴェラは漸く、周辺の国との関係修繕に乗り出したばかりなので、はっきり言ってしまうと『協力者になってくれそうな、他国の味方が居ない』。

ほぼ間違いなく、魔導師である私の呼び出しになること請け合い。それ以前に、ルーカスは襲撃から自力で生き残ってもらわねばならんのだ……そこがまず、最初にして最大の難関だろう。

「改めて、理解した。お前達が怒るだけのことはあったのだな」

「そうですー！　冗談抜きに、魔王様はヤバかったんだって」

呟かれた言葉に、全力で頷いておく。マジだぞ、これ。私とゴードン先生のプライドをかけた魔道具がなければ、魔王様は落命の可能性もあった。

イルフェナ勢は捕らえた襲撃者達に対し、余裕を見せていたけれど……襲撃者達が『あの魔王、何で死なないの？　おかしくね⁉』と、パニックになるのも当然の理由があったわけですよ。

寧ろ、この世界の常識を踏まえた場合、襲撃者達と同じ考えになる人の方が圧倒的に多かろう。

そうならなかったのは偏に、『異世界の知識とこの世界の治癒魔法の複合技』という、表に出せないものの存在があったから。勿論、それには異世界人である私の協力が必須。

状況だけ見れば、『奇跡』と言ってしまえる案件なのですよ。

魔王様の無事に安堵するだけで終わる展開なんて、あるわけねぇ！　報復上等じゃ！


私一人が居ないだけで、立派に『イルフェナVSハーヴィスの開戦理由になる事態』なのですぞ。ハーヴィス、貴様らは軽く考え過ぎだ。

即開戦にならなかったのは、『魔王様とルドルフが無事だった』という事実のお陰。いくら魔王様が優しくとも、王子が致命傷に近い怪我を負わされたとあらば、イルフェナは黙っていまい。

最悪の状況を想定した場合、決して笑って流せるものではないのだ。ルーカスは当然、これに気が付いた。だからこそ、判りやすく顔色を変えたのだろう。

「そこにハーヴィス王妃からの書……しかも、その内容か」

「あはは……大変なのは判るし、パニックを起こしていても仕方ないとは思うよ？　だけどね、ちょっとばかり許せる範囲を超えているんだわ」

「……」

「まあ、こんな理由があって、私は『ご挨拶』に行こうと思ったの。一応、イルフェナの顔は立てたよ？　でもね、これ以上は無理。まともに『ごめんなさい』すらできない国への優しさなんて、私には存在しないわ」

さすがにルーカスも宥める言葉が出ないらしい。寧ろ、ハーヴィス王妃からの書はとどめに等しい――悪意がなかったとしても、内容その他が色々とアレであるため――ので、言葉もないのだろう。いくら謝罪の意思があろうとも、普通は怒る。

「これは……まあ、そうなっても仕方がないかな。俺から見ても、ハーヴィスはイルフェナにしでかしたことを軽く見ているようにしか思えない」

「あ、ヴァージル君から見てもそう思う？」

「勿論。と言うか、君が居ること前提で考えちゃ駄目だろうね。君は異世界人だし、『居ないことが当たり前』なんだ。そこに気付けば、事の重大さを理解できると思うよ？　魔導師殿」

ですよね。

全力でヴァージル君に同意しますよ。結果云々ではなく、『他国の王族、それも優秀と言われている王子を、確実に死に至らしめようとした』んだからね⁉

魔王様が軽傷で済んだだけでなく、私が明るく振る舞ったり、アル達が動いていなかったりしているからこそ、周囲の人々もそこまで危機感を覚えていないだけ。

事実だけを並べた場合――ヴァージル君のように、『異世界人は居ないのが当たり前』と想定した場合――、間違っても、イルフェナに何らかの要求ができる状態ではない。

イルフェナに送られる使者は、死ぬことを覚悟しなければならないだろう。殺されて帰って来ようとも、『そこまで怒っても仕方がない』と言われる案件です。

「私が未だ、魔王様に会えない理由も判るでしょ？　いくら私が魔王様に懐いていようとも、状況的にそれが許されないのよ。私もそれには納得してる。だから……イルフェナでやるべきことをやってきた上で、今回の『ご挨拶』の決行です」

「そういえば、ミヅキは帰国後から、そういった要求を一切していないと聞きました。では、ルドルフ様に面会が許されたのは……」

その時のことを思い出し、理由を想定しているセイルにも、頷くことで肯定を。

「私とルドルフの仲の良さを考慮した上で、ルドルフの精神状態を優先したからこそ、可能になっただけ。多分、イルフェナ側が気を遣ったんじゃないかな」

「つまり……貴女ではなく、ルドルフ様の精神状態を優先した結果ですか」

「そう。『食事量が落ちている』っていう事実があったから、心配されたんだろうね」

ルドルフは隣国の王であり、今回の襲撃の当事者でもある。私達が互いを親友と公言していたとしても、『会いたい』だけでは許可が出まい。

セイルとて、そんな状態のルドルフを案じていたからこそ、私との面会に同意したはず。

「お前の方が理解があると思える時点で、ハーヴィスに期待はできんな」

「ルーちゃん、酷い」

「黙れ、珍獣。今回ばかりはお前の方がまともに思えるんだ。それだけで十分、説得力がある」

本当に失礼な奴だな。

……。

あの、ヴァージル君はともかくとして。

何故、君達まで深く頷いているのか聞いてもいい？　そこの三人……いや、ジークは多分、判っていないだろうから、二人だな。理由を簡潔に述べよ、セイルとアベル。

ジトっとした目を向けると、セイルは楽しそうに微笑んだ。

「貴女の日頃の行ないのせいですよ、ミヅキ」

「色々な人に貢献してるじゃん！」

「それは判っていますが、その行動が褒められたものではないことも事実でしょうに」

麗しの将軍様は何を思い出したのか、どこか意地悪な顔で私を見返した。対して、アベルは深々と溜息を吐いた後、徐に私の肩を叩く。

「良い機会だ、いい加減に少しは落ち着け。いや、百歩譲って落ち着かなくてもいいから、殿下を労れ。お前、そのうち首輪を付けられるぞ」

「首輪……」

「そう、首輪」

その場合、魔王様は飼い主扱いになるのだろうか？　どちらかと言えば、保護者だけど。

「……」

「……」

「希望は魔王様カラーって言っておけばいいかな？　金とか青が最有力」

「そうじゃないだろ！　首輪なんて付けられなくてもいいようにしろってことだ！」

「無理。真っ当な方法を取っていたら、望まれた役割を果たせない」

「だからって……だからって、毎回、殿下を疲労させてるの、お前だろうが……！」

上手い反論を思いつかないのか、ずるずると崩れ落ちるアベル。どうやら、少し酔っていた模様。

そんな私達へと呆れた視線を向けつつ、ルーカスはヴァージル君へと話しかけていた。

「ヴァージル。王都に戻ったら、ガニアに向かってもらうが……こいつらを同行させろ。ガニアへの転移法陣を出たら、近くにこいつらを捨てて来い」

「は……捨てて、ですか」

どうやら、『移動した後は知らねっ』とばかりに、ポイ捨てされる模様。おいおい、ルーちゃん。心境的にも、行動的にも事実だろうけど、もう少し言い方ってものがあるだろう。見ろ、ヴァージル君が困っているじゃないか。

「子供じゃないんだ、後は自分で何とかするだろう」

「はぁ……宜しいので？　放逐するのは魔導師殿だけではありませんが」

「関係者と思われる方が厄介だ。特に、主犯のこいつは家出していなくとも、日頃から野良に近い。勝手に動いて、獲物を狩るだろうさ。他の奴らはこいつのお守りだろう。離す方が拙い」

「獲物を狩るのはいいのかい、ルーちゃん」

「猫としての本能なんだろう？　今更、人間ぶるな」

言い切って、にやりと笑うルーカス。そのどこか見た覚えのある笑みに、確かに、彼はキヴェラ王の息子であったと思い出す。

……似てるのよ、物凄く。こういった言い方をする時のキヴェラ王にそっくり！

だけど、微妙にムカつくのも事実なので。

「その珍獣の方がエレーナに愛されていたという、『事実』について一言」

「喧（やかま）しいわっ！」

思い出を振りかざしつつ、ちょっとばかり心に蹴りを入れておこうと思う。はっは、怒るなよ、ルーちゃん！　ささやかなお茶目じゃないかぁっ！

それはさておき、これで明日にはガニアに到着できるみたい。一気に時間短縮が可能になったけれど、それでもイルフェナを出て数日は経っている。

ハーヴィスから使者は……来ていらっしゃいますかねぇ？

第十六話　イルフェナは本日も賑やか

――イルフェナ騎士寮・食堂にて（グレン視点）

『ハーヴィスから使者が来た』

その報を聞いた途端、一部の者達がそれはそれは凶悪な笑みを浮かべた。勿論、儂もその一人だ。

やっとか。漸く、重い腰を上げたのか。

そんな声が聞こえてきそうなほど、周囲の者達の目は呆れと蔑みに満ちていた。だが、それも当然というもの。

そもそも、今回の一件は明らかにハーヴィス側に非があるのだ。寧ろ、イルフェナは完全に被害者と言ってもいい。それなのに、アグノス王女の『血の淀み』という事情を盾に取り、ハーヴィスはのらりくらりと明確な返答を避けてきたのである。

おそらくだが、時間稼ぎという意味もあったのだろう。こういった事件は時が経てば経つほどに曖昧になり、誤魔化しがきくようになってしまうのだから。勿論、そこには根回しというものも含まれる。

これがハーヴィスではなく、他国と強固な繋がりを持つ国であったならば……イルフェナが強く出ることはできなかったであろう。


――ただし、『ミヅキがこの世界に来ていない場合』に限るが。


そもそも、イルフェナが強く出られない原因が『生まれ持った魔力が高過ぎて、無自覚に威圧をしてしまうエルシュオン殿下の、【魔王】という悪評』なのだ。

言い方は悪いが、エルシュオン殿下に悪意を向ける者は多かった。彼の優秀さや美貌を僻んだ者、外交で敗北した者、単純に噂に踊らされた者……といった感じに理由は様々だが、『数が多いこと』と『各国に存在すること』が大問題だった。

数の暴力は世界共通なのである。多くの国で声を上げる者が出れば、無視できまい。白いものであろうとも、多くの人々が黒と認識すれば、黒と判断されがちである。

極端な例ではあるが、世論を誘導するには十分な要素なのだ。その結果が、エルシュオン殿下の『悪』と言わんばかりの位置付けだったのだから。

今回とて、そうなる可能性は非常に高かった。アグノス王女が目立った問題を起こしていない上、彼女には周囲の者が固めた『優しいお姫様』というイメージがある。

それに加えて、母親譲りの美貌もあった。『生まれてすぐ母を亡くした』というエピソードも、彼女に『可哀想な子』という彩り（いろど）を添える。

要は、あまりにもエルシュオン殿下と対極の認識をされがちなのだ。実際は、エルシュオン殿下の方が『悲劇の王子』と言わんばかりの人生を歩んでいるのだが、残念なことに、大半の人間はそれを知らなかった。

……そう、『知らなかった』。つまり、過去形だ。

現在では、多くの国にエルシュオン殿下の真実が知れ渡り、ミヅキを交えた様々な事件のこともあって、エルシュオン殿下の評価はそこまで悪くはない。

そこに魔導師であるミヅキを加えると、あっという間に『異世界人を愛情深く教育し、魔導師となるまで導いた、面倒見の良い親猫』となる。

と言うか、ミヅキの面倒を見ている時点で、『悲劇の王子』という認識をされる場合すらあった。ミヅキはとてつもなく自分に正直な、トンデモ自己中娘なので。

『最強保護者』『最後の良心』『【世界の災厄】を懐かせた救世主』……ミヅキの被害（意訳）に遭った者達からすれば、エルシュオン殿下の善良さは輝いて見えたことだろう。ミヅキは『超できる子』と自称するだけあって結果は出すが、自分もしっかりと楽しむ『お馬鹿さん』なのだから。

そんな生き物が好き勝手に暴れ……いやいや、甚振る……じゃない、ええと……そう！　依頼された仕事を完遂すべく尽力する姿！

そんな姿を見せ付けられれば、誰もが明日の我が身を想い、良い子（意訳）になるのだ。愛らしい外見に反し、子猫はたいそう腕白（意訳）なので、叱られた程度では止まらないのだから。

この子猫、自発的に遊びを始めた挙句、祟るわ、牙を剥くわ、引っ掻くわと、大変に凶暴なのである。執念深さを武器に、敵を社会的に葬るまで止まらない。

そのストッパーにして唯一の例外が、保護者たる親猫からの叱責。

ミヅキはエルシュオン殿下に養われている自覚がある上、とても懐いているので、飼い主の『待て』には（とりあえず）従うことにしているらしい。

これまで『いい加減にしろ！』と、ミヅキを叱った輩はどれほどいただろう？　結婚もしていないのに、問題児の飼い主人生確定とは、何と気の毒な……！

そういった事情を知った人々は、魔導師の飼い主となった苦労人――エルシュオン殿下に深く感謝し、ひっそりと哀れんだ。その時点で、これまで囁かれてきた悪意ある噂の数々も偽りと判明するため、彼への好感度は爆上げである。

……そんなわけで。

エルシュオン殿下も今や立派に、『優しく可哀想なお姫様』なアグノスの対抗馬になっているのであった。ぶっちゃけて言うと、心当たりがあり過ぎるエピソード（＝ミヅキ関連）が多過ぎ、他国とは特に関わりのないアグノス以上に、『悲劇の親猫様』として認識されている。

美貌や才覚に恵まれながら、こんな認識をされる王子も滅多にいまい。しかも、最近ではエルシュオン殿下自身も飼い主としての自覚が出てきたらしく、人前でも取り繕わなくなった。

曰く『その場で叱らないと、次にミヅキが何をしでかすか判らない』。……思考が完全に飼い主や保護者である。思わず、目頭を押さえたのは余談だ。

……。

奔放な我が陛下を相手にする自分と重ねてしまったことは秘密である。

判る。判りますぞ、奔放な輩のフォローに走るその苦労……！

まあ、ともかく。

ミヅキが友人達に根回ししたこともあり、今となっては、ハーヴィス側の切り札とも言える『同情を引く』『イルフェナ側に非があるように見せかける』といった手段が使えなくなっていた。

イルフェナ側が比較的寛容な態度を見せているのも、こういったことが原因だろう。すでに打てる手は打ち尽くしたため、ハーヴィスの悪足掻きを待っているだけとも言うが。

それでも、今回のハーヴィス側の対処の遅さには顔を顰めてしまう。皆が緊張ではなく、呆れを滲ませた表情になるのも、仕方がないことであろう。儂とて、その一人なのだから。

「……それで、どなたが迎え撃つのですかな？」

「グレン殿……」

「失礼、口が滑りました」

咎めるような口調ではなく、多分に笑いを含んだ声音に、しれっと返す。馬鹿正直に、『殲滅させる』などと言わなかっただけマシだろうに。

だが、即座に会話の相手となった者は、儂より更に遠慮がなかった。

「エルシュオン殿下を襲撃したことに対する言い分も勿論だけど、時間稼ぎ……イルフェナとの対話を遅れさせた言い訳をじっくり聞いて、そこを更に突くのは当然だろう？　そもそも、相手にならないと思うよ？　『迎え撃つ』なんて表現を使うほど、頑張ってくれるかどうか」

……。

この発言、ガニアのシュアンゼ殿下である。見た目こそ華奢で優しげな顔立ちをしているが、この王子様はミヅキととても仲が良いらしい。

つまり、同類。飼い主泣かせの猫友。しかも、北の大国ガニアの王族。

ミヅキも安心して、報復の旅に出ようというものだ。身分的にも、文句のつけようがない自分の類似品が嬉々として控えているなら、『遠足』に行ってしまっても問題ないと悟ったのだろう。

「私達は魔道具を通じ、話を聞かせてもらおうと思う。勿論、隣室には控えているぞ？　王族としての援軍が必要ならば、いつでも呼んでくれ。まあ、面白い展開になったら、自発的にそちらに向かうかもしれないが」

「コルベラはイルフェナの味方を致します。陛下には全て報告済みの上、許可をいただいて参りました」

にこやかに言い切ったのは、コルベラのセレスティナ姫と侍女のエメリナ殿。いや、『今は』コルベラの女騎士セシル殿と侍女のエマ殿か。参戦する時は、女騎士が王族に戻るらしい。

政略結婚ゆえに、身動きが取れなかった頃とは別人のよう。その行動力に内心、目を見張った。以前に比べ、随分と頭が回るようになったものである。初めから在室せず、後から援軍という名の追い打ちをかける気満々なその表情に、『ミヅキの教えか、悪影響だな』と思わず呟いた。

「……あの、サイラス殿？　勢いよく頷いて同意されていますが、貴方は一体、ミヅキに何をされたのです？」

「まったく！　小娘の友人だけあって、血の気の多い子達が集まっているわね」

「まあ、このような事態の最中に、イルフェナへと押し掛ける方達ですからな」

常識人枠と言えるだろう、カルロッサのセリアン殿が愚痴を言いつつも溜息を吐いた。その気持ちも判るが、彼らの言葉が嬉しいことも事実。ついつい、宥めるようなことを口にしてしまう。

「それでもよ！　……セレスティナ姫、盗聴は許しますが、乱入はいけませんわ。コルベラ王族の品位が疑われます。そのような真似ができるのは、柵のないミヅキだからこそですわ」

「む、そうか……」

待て。盗聴も本来は駄目だろ⁉

コルベラは今回、本当に無関係なので、本来ならばこの場に居ることすらおかしい。そこを『友人の所に遊びに来た』という理由で無理やり加わった形なので、イルフェナとハーヴィスの話し合いを聞く権利はない。

だが、常識人の皮を被った非常識人はまだ存在した。

「それでは、ハーヴィスの使者殿へと目につくようにしてみてはいかがでしょう？」

「あら？　どういうことかしら？」

「使者殿とて、指定された部屋までは歩くのです。『襲撃の現場を見てもらう』という建前で、中庭へと足を運んでいただければいい。我々はそこでお茶でもしていましょう。ああ、騎士寮に住む騎士達と交流し、仲が良い様を見せ付けてもいいかもしれません」

サロヴァーラのヴァイス殿の提案に、話し合いに参加できない者達の目が輝いた。そんな外野をよそに、セリアン殿とヴァイス殿は会話を続けていく。

「なるほどね……襲撃の現場が外である以上、関係のない貴方達の姿があっても不思議はないと」

「はい。そもそも、我々は魔導師殿を訪ねて来た理由こそ様々ですが、『襲撃の報を受けて駆け付けた』という方は一人もいません。……それが事実であっても、表向きの理由は違うのです。それに加えて、魔導師殿と友好的な関係を築けているのは本当ですから、これを機に、我らが属する国が此度の襲撃を知っていると匂わせるのも手かと」

……悪魔の提案である。

『できることをやる』どころか、最初からハーヴィスの使者の心を抉りに来ていやがる……！

善良そうに見え、実際に善良な性格をしていると思っていた好青年の発言に、僕は思わず遠い目になりかけ……青年の身分を思い出した。

そういや、この人、公爵家の人間だった。

つーか、『あの』サロヴァーラで王家側についていた猛者だったわ。

サロヴァーラ王家が貴族達に軽んじられていたのは、非常に有名な話である。それはもう、他国に同情されるほどに。

今はミヅキに〆られ、心を抉られた挙句、女狐ことティルシア姫に日々、甚振られる楽しい扱いになっていようとも、少し前までは貴族達がやりたい放題していた国なのだ。

そんな国において、王家側についた公爵家、しかも騎士。その苦労はいかばかりであったろうか？　苦労を強いられる環境ゆえに性格が歪んでしまっても、仕方あるまい。

そもそも、ヴァイス殿は純粋にミヅキを尊敬しているようであった。この時点で、彼が黒猫に染まること待ったなしであろう。正義と秩序を愛するだけの善人ならば、貴族社会で生き残れまい。

そして、彼の意見は好意的に受け入れられたようであった。

「いいわね、それでいきましょう」

「では、我々も護衛と交流要員の選別をしておきますね。私かクラウスが居ればハーヴィスからの使者殿だけでなく、エルやミヅキを敵視する者達もおかしな真似はできないかと」

「ふふ！　公爵家の人間、それも『最悪の剣』と呼ばれる騎士様ですものねぇ」

罠は確実に作り上げられるようだ。この分では、他にも協力者が増えるのだろう。にこやかに言葉を交わすアルジェント殿とセリアン殿の声を聞きながら、儂は秘かにミヅキを想った。

こちらは何も心配ないようだ。後で一緒に叱られてやるから、お前も徹底的にやってこい！

第十七話　悪意と友情は密やかに　其の一

――イルフェナにて（ハーヴィスからの使者視点）

……その一報がもたらされた時、一体、何の冗談だと思った。

『王女アグノスが、イルフェナのエルシュオン殿下を亡き者にしようとした』


意味が判らず、呆けてしまったとしても仕方あるまい。そもそも、接点がないじゃないか。

我が国は閉鎖的な民族性もあり、他国と殆ど交流がない。そんな状況で、ほぼ国から出たことがない――幼い頃に一度、サロヴァーラに行ったきりではなかったか――王女が他国の王子と知り合うなど、どう考えても無理がある。

いや、百歩譲って、顔だけは知っているという可能性ならあるか。

エルシュオン殿下は美貌と優秀さから、それなりに名を知られている上、『魔王』などという物騒な渾名さえあるのだ。興味を惹かれて、肖像画を手に入れていてもおかしくはない。

しかし、相手は『魔王』と呼ばれる人物であって。

要は、『恐れられている存在』ということだ。いくら美しくとも、憧れを抱くだろうか？

そもそも、王族には美しい容姿を持った者が多い。家柄は勿論だが、美しさも王家に望まれる要素であるため、必然的に整った顔立ちの者達が生まれてくる。

アグノス様とて、そういった者の一人だった。亡き母上にそっくりの儚(はかな)げな美貌は、彼女を『精霊姫』と言わしめる要因になっているのだから。

……だが、近しい者同士の婚姻によって濃くなった血は、時に不幸を招く。

それが……『血の淀み』と言われるものだ。王族の婚姻相手は身分も重要視されるため、必然的に血の近い者達が選ばれることになってしまう。

特に、閉鎖的な我が国では『血の淀み』が出てしまうことが多かった。体の虚弱性、精神の異常、そして……それを補うかのように有している才能、美貌、カリスマ性。

上手く使えば、彼らは国にとって有益な存在となってくれる。

だが、対応を誤れば……災厄と化す。

それは周知の事実であった。ただ、扱いきれることは稀なため、多くの場合は幽閉され、ひっそりとその生涯を終えるのが常であろう。軽度とはいえ、アグノス様も『血の淀み』持ちだ。

それなのに、アグノス様にはそういった対処が取られていなかったらしい。いや、ある程度は隔離され、隠されてはいたのだろう。私とて、そこまで深刻な状況と知らなかったのだから。予想外だったのが、彼女の周囲の者達の心酔具合といったところか。

彼らは『国のためにアグノス様を監視する』のではなく、『アグノス様の願いを叶えるために傍に居た』と口々に言ったという。

報告を聞いた時、痛感した。

『これが【血の淀み】の持つ魅了か』と。

『血の淀み』を持つ者は浮世離れしており、よく言えばとても純粋なのだという。そこに美しい容姿が加われば、精霊の如き存在と思う者も出るだろう。

王族や貴族といった支配階級は、どろどろとした人の悪意の渦巻く魔境だ。そんな世界に属する者からすれば、その純粋さが輝いて見えるのかもしれなかった。

——だが、その『純粋さ』は時として、最悪の毒となる。

判りやすく言うなら、子供の無邪気さと同じなのだ。命の重さを知らぬからこそ、生き物を悪意なく苦しめ、死に至らせる『残酷さ』。加減を知らない好奇心ゆえの、その行動。

独自の価値観を持ち、常識に囚われぬ言動を取る傾向が強いせいか、『血の淀み』を持つ者達は時に、とんでもなく残酷な一面を覗かせることがあった。それゆえに、存在を隠されるのだ。

王がそれを知らぬはずはない。『世間的に見ても、それは常識』なのだから。

そんな思い込みがあったからこそ、アグノス様の隔離を望む者はいなかった。『ある程度の対処で済むほど、【血の淀み】は軽度なのだろう』と、信じて疑わなかったのだ！

それが……他国の王子の殺害を目論んだだと？　しかも、それだけのことをしでかしたにも拘(かかわ)らず、全く罪悪感を抱いていないだと……⁉

……明らかに異常ではないか。被害が出てしまった以上、気付かなかったなどという言い訳は通じない。これまで取られていたアグノス様への対処とて、問題になってくる。

度々、陛下に苦言を呈する王妃様のことを『亡き側室に嫉妬でもしているのか』などと笑っていた者達は今や、顔面蒼白であろう。私とて、彼女の言葉を軽んじていた一人なのだから。


王妃様は正しかったのだ。愚かだったのは我らの方。

厳しい言葉の数々は『女』ではなく、『王妃』という立場ゆえのもの。


国の在り方について改革を求める王妃様の味方は少なく、その意見は大半の貴族達に疎まれていた。そういったこともまた、彼女の言葉を軽んじることに繋がったのだろう。

だが、今となってはそれは単なる言い訳に過ぎない。王妃様の言葉が正しかったと認めるには、少しばかり遅過ぎた。

「襲撃現場となった中庭にご案内しましょう」

穏やかな微笑みを浮かべながら告げたのは、近衛副騎士団長だという優男(やさおとこ)。その穏やかな表情と物腰に安堵するも、即座に眼鏡の奥の目は笑っていないと気付き、顔を強張らせた。

「当時、エルシュオン殿下は隣国の王であらせられるルドルフ様と共におられました。お二人は昔からのご友人同士ですし、エルシュオン殿下ご自身がルドルフ様を庇われたこともあって、『此度の襲撃に関して、イルフェナの責を問うつもりはない』とのお言葉をいただいております」

「それは……幸運なことですね」

「ええ。同時に誇らしくもあります。我が国とゼブレストは良き隣人同士なのですよ」

……つまり、『それを許されるほど、懇意にしている』ということ。『【ゼブレスト】という【国】が納得した』ということだ。決して、王の独断ではないだろう。

ゼブレストは数年前まで荒れていたと聞いている。おそらくだが、エルシュオン殿下は国の立て直しに関して、何らかの助力をしたのだろう。

そうでなければ、ゼブレストは黙っていまい。『王の身を危険に晒した』ということは事実であり、守り切れなかったイルフェナに責任があると言えばあるのだから。

「そうそう、一年ほど前に我が国が異世界人を保護したのをご存知でしょうか。その異世界人……ミヅキというのですが、彼女は大変な努力家でしてね？　独自の方法で魔法を使えるようになったのですよ」

……唐突な話題の転換に、首を傾げる。だが、騎士は私の困惑を無視し、勝手に喋り続けた。

「ですが、彼女は周囲の者達の助けがあってこそ今の自分になれたと、そう認識しているのです。義理堅く、受けた恩にはそれ以上の好意でもって返す子なのです。そんな子だからこそ、彼女の周囲には助けられた者達が友として集うのかもしれません」

なるほど、それが噂の魔導師か。『断罪の魔導師』という渾名をつけられるほど他国の厄介事を解決に導いたという、少々、変わり者の魔導師。

本人のことは知らないが、行動だけを見れば『世界の災厄』という認識はされないだろう。どうやら、それなりに大きな功績を挙げているだけでなく、独自の魔法を使うことから、『魔導師』の称号を得たようだ。

そこまで考えて、私は目の前の男が牽制をしていると悟った。『イルフェナには魔導師が居る』――その事実を、話し合いの前に匂わせたかったのだろう。

「友人と言えども、他国の者ですから……あまり頻繁に会えないようですけどね。そもそも、異世界人であるあの子は基本的に己の守護役が暮らす騎士寮、そしてその近辺しか行動を許されておりません。住まいも騎士寮の一室ですしね。もっとも、本人がその必要性を理解してくれているので、我々としては非常に助かっております」

「自由を望まない、と？」

「賢い子なのですよ。『異端が勝手な行動を取れば、誰かの責任問題になる』と理解しているのです。異世界人のもたらす知識の危険性さえ、言われずとも察せる子ですから」

「なんと……」

素直に驚きを露にすれば、騎士はどこか誇らしげに笑った。言葉の節々に慈しむような感情が汲み取れたので、彼自身も彼女を可愛がっているのだろう。

そういえば、『魔導師は騎士寮で暮らしている』と言っていた。魔術師達と懇意にしているのかと思ったが、どうやら、日頃から接する機会の多い騎士達とも仲が良いようだ。

だが、騎士はそのような世間話で終わらせる気はなかったらしい。寧ろ、彼の本領発揮はこれからだった。

「そして、彼女を最も溺愛しているのがエルシュオン殿下です」

……時が止まった気がした。

「異世界人は常識さえ違うことが当然であり、この世界のことに関しては赤子同然。そんな彼女を最も案じ、必要なことを教育し、できる限り自由であれるよう取り計らっているのが、後見人であるエルシュオン殿下なのですよ」

「は……そ、それほどまでに熱心に、ですか……？」

「ええ。あまりの過保護ぶりに、『子猫を腹の下に匿う親猫』やら、『愛情深い親猫と懐いた子猫』といった言い方がされるくらいです。まあ、これはミヅキの懐きっぷりも影響していますね。本当に仲の良い、猫親子なのですよ」

猫。王族を猫扱い。しかも、彼の話から察するに、エルシュオン殿下は『愛情深い親猫』であり、異世界人の方は『親猫を慕う子猫』だという。

……。

意味が判らん。そもそも、普通に『仲睦まじい後見人と異世界人』では駄目なのか？

私の混乱を、騎士は面白そうに眺めている。思わず咳払い（せきばらい）をして取り繕うも、私の中には得体の知れない『何か』が根付いていた。

わざわざこんな話を聞かせる以上、何らかの意味がある……いや、私にダメージを与えるような要素に繋がることは確実だ。それ以前に、この騎士は一見、友好的な態度を見せながらも、相変わらず目は笑っていない。


何だ？　この会話の先に何がある？　こいつは一体、私に何を教えたいんだ……？


「おや、噂をすれば……」

騎士が顔を向けた先、そこは案内すると言っていた中庭――此度の襲撃現場。

立ち入り禁止になっていると思いきや、そこには幾つかのテーブルが置かれ、数人が呑気にお茶を楽しんでいるようだった。

歩みを止めない騎士に続き、私も足を進め……やがてはっきりと確認できた『呑気にお茶を楽しむ者達』の姿に、絶句する。

「な、な、何故……」

「おや、何かおかしなことでも？」

立ち止まった私に合わせるように、騎士が私を振り向いた。

「何故、他国の者達が揃っているのです⁉」

悲鳴に近い声を上げた私に気付いたのか、『彼ら』がこちらへと顔を向けた。

騎士服を纏っている者だけでも、バラクシン、コルベラ、キヴェラ、サロヴァーラの四国が判別できる。だが、残る者達も同国というわけではないようだ。

混乱する私に笑みを深めると、騎士は彼らに歩み寄って一礼した。

「楽しまれているところを失礼致します。ハーヴィスからいらした使者の方に、此度の襲撃現場を見ていただきたく」

「確かに、それは必要なことだわ。私達の方こそ、邪魔になってしまったようで悪かったわね」

「いいえ。皆様がミヅキを訪ねていらした以上、国の客……というわけではありませんからね。茶会の場が、エルシュオン殿下がお許しになられている騎士寮か中庭になってしまうのは、仕方のないことですよ」

……つまり、あの全てが『魔導師の客』ということだろうか？　だが、どう見ても高位貴族らしき者が多数混ざっているような。

私の困惑を察したのか、先ほど受け答えをしていた男性？　がこちらへと視線を向けた。

「あら、ご挨拶もせずに失礼しました。私、カルロッサで宰相補佐を務めております、セリアン・オルコットと申しますの」

それを機に、残る面々も次々と名乗り始める。

「では、我々も名乗るべきだね。ガニアの第二王子シュアンゼだ。こちらは私の従者のラフィーク」

「ラフィークと申します」

「バラクシンの第三王子、レヴィンズだ。我が妃となる予定のヒルダ共々、魔導師殿と懇意にさせてもらっている」

「アルベルダのグレン・ダリスと申します。王の右腕、と呼ばれておりますな。そちらの方が判りやすいでしょうか」

「コルベラの王女、セレスティナだ」

「エメリナと申します。セレスティナ姫様付きの侍女ではありますが、侯爵家の人間ですわ」

「キヴェラの近衛騎士、サイラスです。ルーカス様の命にて、魔導師殿を訪ねております」

「サロヴァーラのヴァイス・エヴィエニスと申します。公爵家の人間ですが、私自身は一騎士と自負しておりますので、お気になさらず」

「な……」

あまりの面子に言葉がない。それほどに予想外だった。

彼らがわざわざ、己が役職や身分を口にしたのは、私への気遣いと言える。だが、裏を勘繰れば『わざと立場を明かし、私への牽制とした』とも受け取れる。

どちらにも納得できてしまうため、ハーヴィス側が批難することはできないだろう。

「皆様は……何故、ここに……？」

漸く、それだけを口にすると、彼らは顔を見合わせる。そして代表するかのように、カルロッサ

の宰相補佐が口を開いた。

「私達は小娘……貴方達が『魔導師』と呼んでいる子の知り合いですの。友人、主が懇意にしている、共闘したことがある……まあ、知り合った経緯は様々ですが、たまに訪ねる程度には仲が良いのですわ」

「俺は今回、ルーカス様からの指示による訪問ですが……まあ、個人的にも手紙を交わし合う友人ですよ」

「ああ……あの子、先日まではキヴェラに居たものね？」

「その事後報告です。魔導師殿は基本的に、事件の詳細までは関われません。関係者である以上、一応は教えてやれという、ルーカス様の優しさですよ」

ほのぼのと話しているが、その内容は軽々しく口にすべきものではない。自国の醜聞とも、弱みとも言えてしまうものなのだから。

だが、彼らは全く気にしていないのか、平然としている。それを奇妙に思っていることに気が付いたのか、それまで黙っていた騎士が口を開いた。

「皆様、ミヅキとエルシュオン殿下に助けられたことが縁になり、友人としてお付き合いしている方ばかりなのですよ。身に覚えのある話題だからこそ、今更なのです。今回はミヅキがこちらに戻ってきたこともあり、訪ねてくださったのですが……」

――どうにも、『タイミングが良かった』ようでしてね？

その言葉を聞いた途端、最悪の可能性が私の頭を過った。人との繋がり、国同士の信頼……ハーヴィスが目を背け続けてきたものが一気に、牙を剥いたような気がした。

第十八話　悪意と友情は密やかに　其の二

――イルフェナ・中庭にて（ハーヴィスからの使者視点）

――どうにも、『タイミングが良かった』ようでしてね？

うっそりと笑いながら告げられた言葉に、私はこの出会いが仕組まれたことだと悟った。各国の上位に属する者達が、『魔導師の友人』ということは本当だろう。そんな繋がりがあっても不思議ではない。

実際、かの魔導師は其々の国で何らかの貢献をしていたはず。噂と事実に差異があろうが、『関わった』ということだけは事実なのだから。

……だが、それだけで個人的な好意に繋がるものだろうか？

そもそも、聞こえてくる魔導師の噂自体に、私は疑問を感じていた。功績が特出しているということもあるが、それを『異世界人の魔導師個人のもの』とするには、少々、無理がある。

それら全てが『良いこと』という位置付けにされたからこそ、かの魔導師はそれほど恐れられておらず、『断罪の魔導師』などと呼ばれていることも、そのように考える一因だろう。

勿論、彼女が動くに至った経緯を考えれば、『国に良い結果をもたらした』と言える。個人的な理由であろうが、後見人経由で与えられた仕事だろうが、それだけは揺るぎない事実なのだ。私も否定する気はない。


しかし、かの魔導師はあくまでも『部外者』という立場のはず。


こればかりは、本人にもどうしようもないのだ。いくら良い結果をもたらそうとも、元より国に尽くす者達が面白く思うはずはない。彼らにだってプライドがあるからだ。

それを踏まえれば、『かの魔導師は結果こそ出すが、各国の要人達から警戒されている』という印象が無難だろう。有能な人材というものは己が手駒であれば頼もしいが、違うのならば『いつ敵になっても不思議ではない存在』なのだから。

これまでの噂から推測する限り、魔導師が敵にならないのはイルフェナとゼブレストだけ。これは後見人であるエルシュオン殿下の存在が大きい。


イルフェナは『エルシュオン殿下の属する国』。

ゼブレストは『エルシュオン殿下の友が治める友好国』。

どちらも基準となるのはエルシュオン殿下なのだ。まあ、ゼブレスト王であるルドルフ様とは親友と公言し合う仲らしいので、例外と言えるのかもしれない。だが、その例外もゼブレストだけ。

魔導師はその他の国に仲の良い友がいるようだが……それはあくまでも『個人的な付き合い』。

かの魔導師にとって、『【国】が好意を向ける対象ではない』のだから。

そう考える者は多いだろう。イルフェナはともかく、部外者である魔導師が『他国まで大切に想う』なんて、あるはずがない。そこまでの忠誠や奉仕精神など、あるわけはないと。

……それなのに。

それなのに、これは一体、どういうことだろうか……⁉

「私達があの子と親しいことは、それほど不思議なのかしら？」

「そう……ですね。ええ、正直に言って意外です。その、コルベラやゼブレスト、サロヴァーラの方であれば、それも納得できるのですよ。ですが、その他の国の方とも繋がりがあるとは……」

にこやかに尋ねてきたカルロッサの宰相補佐に、辛うじてそう返す。

そう、その三国であれば、私とて納得できた。この三国において魔導師は、国を救ってくれた英雄の如き存在なのである。国を挙げて英雄視しているとしても不思議はない。

まあ、サロヴァーラは『王家寄りの者に限る』という制限が付くが。大半の貴族達――王家を軽んじていた者達――は実に容赦なくやられたらしいので、感謝どころか恨んでいるに違いない。

だが、残る国はどういうことだ？

有力な手駒との繋がりとばかりに、友好的な者を用意していたのか？

考えても、正解など判らない。そんな私の混乱を察したのか、カルロッサの宰相補佐はおかしそうに笑い声を漏らした。

「ふふっ。そう、でしょうね。ええ、そう考えるのが当然ですわ。けれど、私達は本当にあの小娘と親しいのですよ」

「……。何故、とお聞きしても？」

「勿論、構いませんわ」

隠すようなことではありませんもの、と続けると、カルロッサの宰相補佐は笑みを深めた。その顔は、とっておきの秘密を暴露するかのように悪戯っぽい表情……などではなく。

「あの子、裏方専門ですの。自称『頭脳労働職であると同時に、荒事専門。貴方の身近な恐怖』だそうですわ」

隠す必要のない世間話の如く、さらっととんでもないことを口にした。

「はい……？」

意味が判らない。

そんな感情が顔に出た私に、カルロッサの宰相補佐は楽しげに笑った。

「ご存知の通り、魔導師……ミヅキは異世界人。その立場は魔導師と言えども、民間人扱いなのですよ。あの子はそれを十分に判っているのです。ですから、元より国に忠誠を誓う者達を手駒とする一方で、自分も『できること』をするのですわ」

それは判る。だからこそ、私は魔導師の功績をそのまま信じることができないのだから。

『身分がない』ということが前提になっている以上、どう頑張っても『国の政を担う者達』の領域――意見を言うのに身分が必要な場であったり、介入するためには特定の立場が必須だったりといったもの――には踏み込めまい。

百歩譲って、後見人であるエルシュオン殿下の居るイルフェナなら何とかなるのかもしれないが……他国は流石に無理だろう。これは守護役が居ても同様だ。

『守護役』という言葉だけを聞けば、異世界人を守っているかのように思える。だが、実際は異世界人の監視という意味合いが強く、その忠誠は国、そして王にある。

ゆえに、異世界人が分不相応な願いを持てば、彼らが抑止力となって止めるのだ。守護役達とて、国という一つの組織に括られる者――それを乱す真似はすまい。彼らに命じることが可能な王もまた然り。彼らの判断が基準となり、異世界人の言動を制限しているとも言える。

「いくらエルシュオン殿下の庇護があろうとも、他国において、それは不可能では？」

「あら、どうしてそう思いますの？」

「貴方達にも国に尽くしてきた誇りがありましょう。魔導師とはいえ、部外者に荒らされることを許すとは思えません。まして、彼女は異世界人だ」

そう口にした途端、カルロッサの宰相補佐の目が剣呑な光を帯びた。その反面、口元に浮かんでいた笑みが深まる。

思わず半歩ほど後ろに下がるが、彼がそれを気にした様子はない。寧ろ、私の反応を楽しんでいるようにすら見えた。

「そう……その通りなのですよ。私とて、悔しく思いましたわ。ですが……私が最上位と考えるものは『自分の感情』ではありません。そもそも、そういった感情をあの子に向けること自体、お門違いでございましょう？」

「お門違い、ですか」

「当たり前です。貴方とて、先ほどから彼女を『部外者』と言っているではありませんか。『本来、関わるはずのない者』であり、『関与することによって、恨みを買う必要などない』のです」

「あ……！」

思わず、声を漏らす。そうだ、私は貴族という自分と同列の立場でしか物事を考えていなかった。だから、『部外者に荒らされることを許すとは思えません』などと言えたのだ。

だが、当の魔導師の立場からすればどうだろう？

魔導師自ら、国の厄介事に首を突っ込むとは思えない。その必要などない上、『本来ならば、知らないこと』なのだから。

望まれた役割であるからこそ、彼女は結果を出す。それを望んだのは……『仕事として依頼した、国の上層部』。疎むなど、逆恨み以外の何物でもない。

「それでも、あの子は結果を出してくれましたわ。追い落とした者達から憎まれることも、貴族から見当違いの悪意を向けられることも、全てを承知の上で！　……どうして、感謝しないと思うのです？　不甲斐ないのは私どもの方ですわ」

「どうして、そこまで……」

「さあ？　本人に聞いたことはございませんわ。ですが、敬愛するエルシュオン殿下のためならば、いくら悪意を向けられようとも構わないようですね」

「……ミヅキはそういうことを全く気にしないからね」

不意に、別の声が混じる。苦笑交じりに告げたのは、ガニアの『第二王子』シュアンゼ殿下。

「君も知っているだろう？　最近、我が国がくだらない兄弟喧嘩で揉めたことを」

「はい。全てとは言えませんが、大体は」

さすがに『貴方の実の両親が処刑を告げられたことですよね』とは言えず、暈した言い方をする。

シュアンゼ殿下もそれに気が付いているらしく、あえて追及してはこなかった。

「その時にね、ミヅキは私の傍に居たんだ。王太子のテゼルトがサロヴァーラでエルシュオン殿下に会った際、私の足のことを相談したらしくてね。異世界の知識ならば希望があるかもしれないと、ミヅキを派遣してくれたんだ」

――まだリハビリが必要だけど、足も治ったしね。

告げられた事実に驚愕する。現時点では不可能とされる治療を行なうなど、かの魔導師は本当に優秀らしい。それだけでも、奇跡と言えてしまう所業ではないか。

「なんと……」

「驚くのも無理はない。だけどね、私が驚いたのはそれだけじゃない」

一つ溜息を吐き、シュアンゼ殿下は目を伏せる。従者が労しそうな視線を向けるが、シュアンゼ殿下はそれに構わず、再び私へと目を向けた。

「何を勘違いしたのか、王弟夫妻はミヅキを私の味方と思ったんだよ。当然、私やテゼルト達に力を持たせたくない王弟夫妻一派は、ミヅキを排除しようとした。私をテゼルトの敵としか見ていない極一部の国王派も然り。ミヅキと私はあの一件の最中、本当に命の危機だったと言える」

「それは……お気の毒ですね」

それしか言えない。情報が事実ならば、彼はずっと国王派の一員であり、王太子テゼルトの味方だったはず。それでも彼自身がそんな状況に甘んじたのは……彼が王弟夫妻の実子であり、次代の王となれる継承権を持っていることも事実だったから。

『どうしようもない事実』というものも存在するのだ。たとえ、本人が望んでいなくとも。

かの魔導師に至っては、完全に巻き添えである。足の治療に来て、何故、攻撃の的にされなければならないのか。しかも、それらは完全に周囲の思い込みが原因だ。

僅かな正義感からくる、自分勝手な憤り。当事者でなくとも、話を聞いただけでそう思えてしまう『不幸な出来事』。エルシュオン殿下からの抗議がなかったのは、奇跡であろう。

……だが、そんな気持ちは続けられた言葉に霧散することとなる。

「だけど、エルシュオン殿下がミヅキにこう言ってくれたんだ。『シュアンゼ殿下を守れ』と」

「……はい？」

何だ、それは。そこは『イルフェナに戻って来い』ではないのか⁉

「私も呆気に取られてしまったよ。だけど、ミヅキはあっさり了承し、全ての攻撃を返り討ちにしてみせた。ガニアにおいて、ミヅキが貴族達に恐れられているのは……『身分がなく、部外者という立場ながら、エルシュオン殿下の期待に応えてみせたから』なんだ」

「な……」

言葉がない。そんな理不尽な状況に置かれながらも、恨み言を言うこともなく、見事に任務を完遂してみせただと⁉　しかも、随分と酷な任務ではないか！

騎士であれ、魔術師であれ、当時のシュアンゼ殿下を守り切ることは容易ではない。相手が王弟というだけではなく、周囲がほぼ敵という状況だからだ。国王夫妻や王太子とて、二人を庇うにも限度があるだろう。

つまり、魔導師は冗談抜きに孤立無援の状態から、ほぼ個人の力でやってのけたわけだ。

それを可能にしたのは本人の実力と……おそらくはエルシュオン殿下への忠誠心。他国の王族との約束事である以上、『できなくても仕方ない』なんて言い訳は通るまい。果たせねば、エルシュオン殿下の恥となる。

「君の考えている通りだよ。ミヅキは任務の失敗がエルシュオン殿下の顔に泥を塗ることになると、理解できていたんだ。だから、遣り遂げた。あの子に言わせれば、周囲の雑音に構っている暇なんてないらしいよ？」

周囲の雑音とは、ガニアに居座る魔導師へと向けられた悪意だろう。元よりシュアンゼ殿下を守っていた騎士達とて、彼女の存在が面白くなかったのかもしれない。

それに気付いていながら、魔導師は課せられた使命を果たすことを優先した。……その結果、自分が敵を作ることになろうとも。

「魔導師殿は……それほどにエルシュオン殿下に忠誠をもっているのか……」

「そうだね、ミヅキは保護者のことが大好きだよ」

呆然と呟いた言葉に返される、シュアンゼ殿下の言葉。笑いを含んだ声音で『保護者のことが大好き』などと言ってはいるが、実際はそういうことなのだろう。

それを事実と確信するからこそ、私の脳裏には最悪の可能性が過ってやまない。それほどに魔導師が忠誠を持っている存在に対し、牙を剥いたのは、ハーヴィスという『国』。

これまでの対応の稚拙さから、そう認識される可能性は高かった。国が相手ならば何とかなったのかもしれないが、我々が最も怒らせたのは……かの魔導師ではあるまいか？

あまりにも恐ろしい予想に、体が震えてくる。だが、私の様子がおかしいと気付いているであろう者達――他国からやって来たという、魔導師の友人達――は何も言わず、先ほどと変わらぬ様子を保っていた。だからこそ、余計に恐怖が増してくる。


彼らは、『何か』を知っているのではないか？

イルフェナは何故、そこまで魔導師に好きにさせている？


姿を見せぬ魔導師のことも気にかかるが、彼らの様子も異様に思えて仕方ない。私に自国の醜聞とも言える話をする以上、何らかの思惑があるような気がするのだが。

「ミヅキは保護者が大好きだし、エルシュオン殿下の騎士達ともとても仲が良いんだよ」

私の思考を読んだのか、シュアンゼ殿下が追い打ちのように投げかけてくる。その言葉に、含まれているであろう毒に、私は唇を戦慄かせることしかできなかった。

ハーヴィスは……イルフェナよりも厄介な存在を敵に回したのかもしれない……。

第十九話　悪意と友情は密やかに　其の三

――イルフェナ・中庭にて（ハーヴィスからの使者視点）

「……」

もたらされた情報に、私は言葉がなかった。悪い方へと沈んでいく思考を何とかしようと試みるも、聞いたばかりの『事実』があまりにも凄過ぎて上手くいかない。

……。


いや、はっきり言おう。私は……魔導師が怖くて堪らないのだ。


過去に存在したという『災厄』呼ばわりされる魔導師達と違い、イルフェナの魔導師は大したことをしていないと思っていた。魔導師を『世界の災厄』とまで言わしめたのは、その圧倒的な強さ……魔法による大規模な破壊行為なのだから。

それが成されていない以上、無害とまではいかないが、私は『安全』だと思い込んでいたのだ。

そう思えたのは、魔術師が名を挙げる場合がほぼ二通りのパターンに限られていることが原因でもあった。

一つは『魔法による、圧倒的な強さ』。

もう一つは『画期的な魔道具や術式の開発』。

どちらも多くの人の耳に入るからこそ、人々はそれらを成した者を『特別な存在』として認識してきたのだ。『自分達とは違う天才』と言い換えればいいだろうか。

……だが、イルフェナの魔導師にそういった話は皆無だった。奇妙なほど、何もない。

ゆえに、各国の厄介事を解決した話は聞けども、それだけの存在だと思っていた。頭が切れることは事実だが、それだけだと。拍子抜けしたと言ってしまってもいい。

そもそも、魔法に携わる者は賢い者が多いのだ。術式の構築に加え、魔法の使いどころといった判断も必要になってくるので、簡単な魔法が使える程度では魔術師を名乗れない。

有能と言われる魔術師は特にこの傾向が強く、何らかの機会に意見を求められることも多いと聞く。英知は時に、一人の魔術師を権力者さえも頼る存在へと変貌させるのである。

その上位とも言うべき存在が……魔導師。

だが、魔導師が誰かに仕えるなど、聞いたことがない。誰にも媚びず、どれほど権力者達に求められようとも首を縦に振らず、ただただ己の心のままに生きる存在であったはずなのだ。

それゆえに……それが『可能』だったゆえに、魔導師は恐れられるのだから。

囲い込もうとする権力者を退けるのは、並大抵のことではない。魔導師にそれが可能だったのは、様々な圧力に屈せず、逆に完膚なきまでに叩きのめす強さを持っていたからだ。

どう考えても、イルフェナの魔導師はそういった存在とは別物だった。優秀ではあるのだろうが、後見人の『お願い』を断り切れない程度——圧力をかけられたとは言わないが、逆らえないと認識している——だと、勝手に思っていた。


だが、それは間違いだった。

少なくとも、たやすく抑え込めるような存在ではない。


かの魔導師は嬉々として保護者に従い、望まれた結果を出す。……それが可能な実力を有しているのだろう。それが事実であることは、目の前に居る二人の言葉から知れた。

何より重要なのは、『魔導師がエルシュオン殿下を慕っている』ということに他ならない。

彼女はこの世界で生きる術を与えてくれた過保護な保護者に対し、忠誠にも似た感情を向けているのだろう。『魔法による災厄を引き起こさない』のではなく、『エルシュオン殿下が望まないから、やらない』。これが正しい気がする。

「ふふ、考えは纏まりまして？」

楽しげに笑いながら、宰相補佐は尋ねてくる。私の混乱、そして感じている恐怖を察しているだろうに、彼はあえて言葉にすることを促してきた。

「そう、ですね……その、これまでの情報不足もあり、混乱しています」

それも事実。唐突に与えられた情報に、考えが纏まらない。

「あら、正直に『考えたくない』と仰っても宜しくてよ？」

「セリアン殿、それは少し意地悪では？」

「まあ！　貴方がそれを仰いますの？　シュアンゼ殿下。わざわざ、自国の恥となるようなことを口にされたのに」

「はは！　だって、可哀想じゃないか。何の前情報もなく、これからエルシュオン殿下と対峙しなければならないなんて」

……馬鹿にされたように感じるのは、気のせいではないだろう。

ガニアのシュアンゼ殿下は、生まれつき歩けなかったはず。当然、外交の場に出てくることは叶わなかった。そんな彼でさえ、己の経験以外にも魔導師の情報を得ているのだ。

彼は……彼と宰相補佐は暗に、ハーヴィスの疎さを指摘しているのだろう。『その程度のことも知らないのに、エルシュオン殿下に手を出したのか』と！

屈辱のあまりきつく拳を握るが、反論の言葉など、思いつくはずもない。そんな私へと、シュアンゼ殿下は哀れむような視線を向けた。

「……君、覚えておくといいよ。私達は『何も嘘を言っていない』。そして『これから聞く話はすべて真実だ』って」

「え？」

「無知は罪だと、度々、ミヅキは口にしている。『知らないことはできなくて当然』でも、『学ぼうとしなければ、自分の策を狭める』とね。ミヅキは自分が『化け物』と呼ばれることさえ、利用する子なんだよ？　ハーヴィスは言い逃れができるかな？」

「あらあら、教えて差し上げても宜しいの？」

「この程度じゃ、ミヅキを納得させることはできないよ。それに、彼は今、私達との会話から魔導師の情報を得るしかないんだ。イルフェナは『南が把握している程度のことを、ハーヴィスは知っている』という前提で、話を進めてくるだろうからね。そもそも、隠していないのだから」

――『知らなかった』と言ったところで、手加減はしてもらえないんだよ？

シュアンゼ殿下の儚げに見える面(おもて)に、ほんの少しだけ悪意が滲む。私が気付いたことを察したのか、シュアンゼ殿下は笑みを深めた。

言葉こそ私を案じているようだが、彼は私に更なる恐怖を与えたいだけなのだろう。だからこそ、この先の話を聞くことを促している。

それでも、私に話を聞かないという選択肢は存在しない。先ほどの彼の言葉――『学ぼうとしなければ、自分の策を狭める』とは、私のことを指したものだろうから。

「貴方は……いえ、ハーヴィスはあまりにも、他国と関わらなさ過ぎたんですよ」

溜息を吐きながら、呆れたように話し出したのはキヴェラの騎士。確か、サイラス……だったか。

「キヴェラも先代の所業は褒められたものではないでしょう。陛下とて、似たような道を歩まれましたが……根本的な違いは『陛下は国のために行動した』ということです。あの魔導師はそれを理解できていた。だからこそ、国を人質に取れば交渉が可能だと踏んだんですよ」

まったく、本当にあの魔導師は性格が悪い！

サイラスがそう続けるも、私は彼の言葉を即座に理解できないでいた。『国を人質に取る』？　どういうことだろうか。

私の困惑が伝わったのか、サイラスは肩を竦めて話し出した。

「あの魔導師、セレスティナ姫達を連れてキヴェラを脱出する際、砦を一つ、混乱に陥れているんですよ。時間稼ぎと、キヴェラを混乱させるためだけにね！」

「は？」

「ええ、ええ、認めますとも。性格は最悪ですが、その賢さと行動力だけは脅威だと！　……最終的に、あの女、何をしたと思います？　自分も含めた中に居る人間ごと、キヴェラ王城を壊そうとしたんですよ！　あの交渉の場には、陛下を始めとするキヴェラ要人の皆様だけでなく、エルシュオン殿下やゼブレストの宰相殿まで居たというのにね」

……。……？　……!?

怒りを滲ませながらも語られた『事実』は、私を大いに混乱させた。意味が判らない。魔導師は配下を自称するほどに、エルシュオン殿下を慕っているのではなかったのか!?

「ああ、それは私も後から聞いた。一応、死なせたくない人間には魔道具を渡していたらしい。本人曰く、『崩れ落ちる城の残骸に埋もれ、落命の危機を体験させることにより、命の大切さを学ばせたい』とのことだったが」

　混乱する私をよそに、今度はセレスティナ姫が深く頷きながら会話に交ざり始める。

「嘘でしょう、それ。絶対に、恐怖を味わわせたかっただけだと思いますが」

「多分な。まあ、キヴェラ王が国を大事に思うならば、素直に負けを認めるとは思っていたようだぞ？　『個人のためならばともかく、国のためなら誇りを捨てる』という判断が前提だからな」

「当たり前です！　我らが陛下は命を惜しんだのではなく、その後にキヴェラにもたらされる混乱を予想したゆえに、謝罪されたのですから」

　言い切るサイラスの表情はどこか悔しげで、それ以上に王に対する尊敬に満ちていた。彼とて、魔導師に思うところはあるのだろう。それでも、それ以上に主たるキヴェラ王の決断の重さを察し、未来に目を向けることを選んだのか。

　そして、それは会話の相手であったセレスティナ姫にも言えることである。

　キヴェラでの扱いの酷さを考えれば、未だに嫌悪や憎悪を滲ませていても不思議はない。寧ろ、当然のことだろう。侍女とて、主を虐(しいた)げた国に良い感情など持てないはず。

　だが、彼らは何故、気安い友人同士のように振る舞っているのだろうか？

どう考えても、おかしいだろう。そう思ってしまうほどに、目の前で繰り広げられているのは奇妙な光景だった。事前に打ち合わせていようとも、感情までは殺せまい。騎士であるサイラスはともかく、セレスティナ姫や侍女には荷が重いはず。

私の困惑に気付いたのか、セレスティナ姫はサイラスとの会話を止め、私へと向き直った。

「ん？　私がサイラス殿とこのような会話を交わすのが不思議か？　使者殿」

「は、はい。ある程度ではありますが、私とて、情報を得ております。事務的な会話ならばともかく、このように気安く言葉を交わされるとは、思ってもみませんでした」

正直に答えれば、セレスティナ姫は侍女と楽しげに顔を見合わせ。

サイラスは苦虫を噛み潰したような顔をすると、ふいっと顔を背けてしまった。

「ふふ、それはミヅキの……魔導師のお陰なんだ。キヴェラからの逃亡生活に始まり、これまで色々とあったからな。なあ、エメリナ？」

「ええ、セレス。溜飲が下がる出来事も沢山ございましたし、そ、それに……まさか、ルーカス様を殴るなんて……！」

「は!?」

ちょっと待て。そのルーカス様とやらは、キヴェラの第一王子じゃなかったか？

「それも我が国の謁見の間、しかも各国の皆が見ている前でな！　ああ、ルーカス殿の方は分別がついていたらしく、ミヅキに手は出さなかったようだ。胸倉を掴んだ程度だったはず」

「ですわねぇ。ミヅキってば、それを判った上で、一方的に殴る蹴るといった有様でしたから」

「『魔法より拳を見舞いたい』とか言っていたしな」

「皆様も絶句されていらっしゃいましたしねぇ……魔法に携わる者は非力なはずですのに」

「まったく、お転婆なことだ」

にこやかに笑い合って会話しているが、その内容は限りなく物騒だった。……あれか？　魔導師は魔法での破壊ではなく、己が手で甚振ることを好む武闘派とでも言いたいのか⁉

「お転婆なんて可愛いものじゃないでしょう！　あの女、敵を甚振ることに加えて、自分が楽しむことに全力を注ぐじゃないですか。……傍迷惑なんですよ。被害者はそれなりに居るんです！　別の意味で立派に、『世界の災厄』です！」

「まあ、サイラス様ったら。随分と重みのあるお言葉ですわね？」

「ぐ……！　陛下の命で、色々と彼女に同行していますからね。必然的に、あの女のろくでもない本性を見る機会が多いのです」

「おや、羨ましい」

「止めましょうね⁉　セレスティナ姫。悪影響が出たら、どうするんです！」

「ふふ！　それも一興だな」

「まあまあ、私もミヅキの同類を目指しましょうか」

楽しげに……半ば、じゃれるように交わされる会話に、私の思考が追いついていかない。

サイラスは明らかに魔導師を貶めるような言葉を吐いているのに、どうにも悪意が感じられず。

魔導師と仲が良いとされるセレスティナ姫達も、彼の言葉を笑って受け入れている。

と言うか、誰も否定しない。寧ろ、深く頷いていたりする。

彼女達だけではなく、『魔導師に助けられた』と言っていた面々さえも、微笑ましげに彼らの言葉を聞いているじゃないか。驚くなり、否定するなりしたらどうだ⁉　おかしいだろう⁉

「ですから、言ったでしょう？　あの子は『頭脳労働職であると同時に、荒事専門。貴方の身近な恐怖』と自称しているって。私どもにとっては、今更なことですの」

「ミヅキは自己中トンデモ娘だからなぁ。見た目はともかく、『異世界人凶暴種』という渾名もありますし。いやはや、保護者であるエルシュオン殿下の苦労が知れますな」

とどめを刺すように告げられた宰相補佐とグレン殿の言葉に、呆れたような態度に……私はそれが事実だと悟った。そして祖国を想い、思わず項垂れる。

ハーヴィスが敵に回したのは、イルフェナなどではない。紛れもなく『災厄』の名を冠する存在なのだと、私は漸く理解したのだ。

第二十話　悪意と友情は密やかに　其の四

――イルフェナ王城・中庭にて（ヴァイス視点）

「それでは、次は私が。詳細は省かせていただきますが、私は先のサロヴァーラの一件の際、ほぼ魔導師殿と行動を共にさせていただいておりました。その上で、事実のみをお伝えいたします」

「は、い。ええ、聞いておいた方が良いと……そう判断されたのですね？」

「勿論です。脅すような真似は致しませんが、結果的に怯えさせることになるやもしれません。そこはご容赦を」

「……っ⁉」

事実のみを話すと言ったのに、使者殿は息を呑んだ。そんな姿に軽い失望を覚え、彼らの情報不足を再認識させられる。

北に属する国は異世界人の扱いが軽い。それゆえか、『異世界人の魔導師』という特殊な立場である魔導師殿はその見た目もあり、あまり恐れられてはいなかった。

……ただし、それは『彼女が行動を起こすまで』。

一度、行動に移ってしまえば、彼女の『遊び』は止まらない。それはアルジェント殿達だけでなく、ティルシア様からも言われていたことだった。

『あの子は毒を持つ小動物のようね。武器を扱えるようには見えず、魔法の腕をひけらかすこともない。だけど、見た目に惑わされて手を出せば、遅効性の毒をあっさりと受けてしまう』

『小さな生き物がもたらした、些細な傷。鈍い痛みはあれど、致命傷ではない。だからこそ、気付いた時は手遅れなのよ』


それはまさに、サロヴァーラの一件のことを言っているのだろう。貴族達は迂闊な行動を取ったゆえに、魔導師殿に多くの言質を取られてしまったのだから。

……いや、『迂闊』などという、一言で言って良いものか。

レックバリ侯爵やアルジェント殿が目立っていたせいか、魔導師殿は当初、単なる同行者にしか見えなかったと聞いている。警戒心を抱く対象ではなかった、と。

令嬢と言うには奔放で、民間人と言うには立場を弁えていたが、警戒心を抱くには至らない。だからこそ……その『付け焼き刃で礼儀を学んだ程度にしか見えない』という姿に、貴族達は魔導師殿を侮った。それこそが作られた姿だと、気付くことすらなく。

事実、彼女は様々な場面で鋭い指摘を行なった。寧ろ、護衛の任を受けていた私の方が、明らかに気付けていなかっただろう。私の方が諌められてしまうほど、彼女は冷静だった。

指摘された特定の人物の行動、現状から推測される様々な可能性、そして彼女が関わった者達が望むもの。それらを踏まえて憶測を述べていく魔導師殿に、私は頭が下がる思いだった。

見縊（みくび）っていたのは、私も同じだったのだ。

魔導師殿はきっと、『守られなければ生きていけない存在』などではない。

身分がなくとも、彼女は各国の王達と渡り合ってきたはず。それを可能にしたのは彼女自身の才覚と度胸、そして……どんな些細なことも見逃さない姿勢と、悪役にしか思えない裏工作の数々。

彼女は正義を謳（うた）う偽善者でも、博愛主義者でもない。ただ、自分が持てる手や能力全てを使って、勝者となった『努力の人』。

だからこそ、彼女は王達の選択を残酷とは言わないし、場合によっては自身も躊躇わないのだろう。結果だけを追い求めるからこそ、悪と呼ばれようとも構わないのだ。


……そんな彼女が激怒したら、一体、どうなるのだろうか？


「私は魔導師殿が結果のみを求める方だと知っています。情がないわけではない、名声を求めるわけでもない、ただ『望まれた結果を出す』ということのみを目指すのですよ」

視線をまっすぐ使者殿に向ける。

「ですから、彼女の同情を引くような姿や会話は悪手です。寧ろ、下手なことを言えば、言質を取ったとばかりに利用し、状況を覆しにくるでしょう。一度でも『弱者』と侮って隙を見せれば、そこから致命傷に繋げてみせる方です」

「致命傷……ですか？」

「ええ。彼女は異世界人でもありますから、報告の義務がある。当然、記録用の魔道具も持たされているでしょう。……言質を取ったという、証拠があるんですよ」

隙を見せないことは重要だ。だが、侮っている人物相手ではミスをしやすい。何より、魔導師殿はただ相手のミスを待っているような性格ではなかった。

「魔導師殿は言葉遊びが得意なのです。ですから、さり気ない誘導を行ない、自分にとって有利な言葉を引き出してくる可能性がある。……我が国の貴族達の処罰が可能だったのは、貴族達が数々の失言をしたことが大きな敗因です。けれど、魔導師殿がその貴族達の目の前で、陛下の言質を取っていたからこそ、逃げられなかったのですよ。阻止できなかった以上、彼らも納得したと判断されるでしょうからね。報復の許可を出した陛下とて、まさか後々、それが切り札になるとは思ってもみなかったでしょう」

ティルシア様の命を存えさせた『貴族達への報復』。貴族達が先手を打ったと証明されたゆえに、陛下は魔導師殿のお願いを無下にできなかった。当の貴族達とて、反論できまい。

だが、これはある意味、罠であった。魔導師殿は『報復する時』を明言していなかったのだ。

おそらくだが、魔導師殿は最初からそれが狙いだった。人々の注意を逸らすために派手な行動を起こし、細かい追及を避けたのではないのだろうか。

「何より、その話が出た時は……もっと大きなことが問題だったのです」

魔導師殿はあの時、話題を逸らすかのように派手な魔法を見せ付けた。当然、殆どの者達はそちらへと意識が向く。

何故なら——

「無詠唱なのですよ、魔導師殿は。しかも、魔法による接近戦もこなせます」

「……は？」

「少なくとも、サロヴァーラの筆頭魔術師は彼女に勝てないと自覚せざるを得なかった。プライドが高いと言われる魔術師があっさりと認めるだけの、力量の差があったのですよ」

「……」

半信半疑なのか、使者殿は困惑しているようだった。それも当然だろう……無詠唱の魔法なんて、聞いたことがないのが普通なのだから。

「事実ですよ。だからこそ、彼女は騎士だろうと、暗殺者だろうと、恐れないのだと思います。……戦えてしまいますからね。少なくとも、我々が知る魔術師の欠点は『彼女の欠点には成り得ない』。そして、それを隠すこともしません。相手が誰であれ、勝つ自信があるのでしょうね」

それは今のハーヴィスにとって、死刑宣告にも近いこと。『魔法を撃つ前に、術者を潰せばいい』という常識が覆れば、ハーヴィス側は成す術がない。ハーヴィスでなくとも、どうやって戦っていいか判らないだろう。

「ハーヴィスがどのようにして今回の一件を収めようとしているのかを、私達は知りません。ですが、どちらの味方をするかと聞かれれば、間違いなく魔導師殿を選びます。国の援助がなくとも、協力者がいなくとも、彼女ならば一人で戦況を覆す……そう信じているのです」

実際には『信じている』のではなく、『知っている』が正しい。それらを目にした機会があったゆえに、魔導師殿は各国の王達からも一目置かれているのだから。

それでも必要以上に恐れられないのは、保護者であるエルシュオン殿下の存在があるからだ。まるで忠実な騎士のように、魔導師殿は彼の言うことは聞く。主に恥をかかせまいとばかりに、上手く立ち回るのだろう。


魔法ではなく、賢さを武器に、魔導師殿は結果を出す。

言葉遊びに強く、様々な対処を即座に思いつける者こそ、彼女の天敵なのだ。


「ハーヴィスのことは存じませんが、優秀な方がいらっしゃるといいですね」

本心からそう思う。忠誠だけでなく、魔導師殿を満足させるような才覚を持つ逸材が居れば、きっと彼女は話し合いに応じてくれるだろう。

そこからはハーヴィス側の腕の見せ所だ。言葉を武器として、魔導師殿を迎え撃てばいい。

「本当に……心からそう思います。興味を引くどころか、逆に怒らせたら……きっと、最悪な結末まで導かれるでしょうからね」

——先の一件の際、我が国で起こった事実にして、私の経験談としてお聞きください。

そう告げると、使者殿は言葉もないようだった。善良さや情に訴えることは悪手だと教えたので、それ以外の手が思い浮かばないのかもしれない。

僅かに目を眇め、すでにハーヴィスへと向かった魔導師殿達へと想いを馳せる。

……どうぞ、ご存分に。私は貴女様の『遊び』を邪魔する気など、欠片もございません。

私は今回、一個人としてこの国に来たのですから、個人的な感情を優先させていただきます。

※※※※※※※

——イルフェナ・中庭にて（グレン視点）

次々ともたらされる魔導師の情報に、ハーヴィスの使者は気の毒になるくらい顔色を変えていた。

だが、時すでに遅しである。彼は『そういった情報を持っていること前提で』、イルフェナに来たと思われているのだから。

ゆえに。

この時間は、あまりにも情報に疎い使者殿を哀れに思った我らからの、ささやかな慈悲である。

……。

決して、面白がっているわけではない。哀れんでいるだけである。

せめてもの慈悲だと言ったら、慈悲なのだ……！

そもそも、『魔導師』という言葉に危機感を抱かない方がおかしい。

ま、まあ、異世界人を軽んじる気質の強い北に存在する国である以上、『異世界人の魔導師』だからこそ恐れない可能性もあるが。

それはガニアやサロヴァーラでのミヅキの扱いを見れば、たやすく予想がつく。『異世界の知識を持っているからこそ、魔導師扱いをされているだけ』。そう解釈する者とて、一定数はいることだろう。寧ろ、北は『異世界人は常識さえも違うことが当然であり、この世界の知識がない』という、マイナス要素のみを覚えていそうだった。

まあ、これは仕方がないことなのだろう。異世界人に関わる機会は滅多にないので、インパクトのあることのみがクローズアップされていく。人の認識なんて、そんなものだ。

ただ、『異世界の知識』は時にとんでもない結果——二百年前の大戦の切っ掛けとなった魔道具など——をもたらすため、無条件に過大評価される場合もあった。ミヅキの場合、己の魔法にそれらを活かしているため、ある意味では正しい解釈と言える。

……が、それを形にしたのはミヅキ自身の努力。真に恐れるべきなのは、ミヅキが持つ『不屈の根性』や『好奇心』といった、不可能を可能にしたものなのだ。

いくら知識があろうとも、活かせないようでは宝の持ち腐れであろう。

何もしなければ、何も得られない。全ては本人の努力次第。

そこに気付けば、ミヅキが正真正銘、魔導師を名乗るに相応しい人物だと判るだろう。もっとも、そういった解釈は物凄～く！　好意的に見た場合に限るのだが。

思わず、遠い目になってしまう。ミヅキが『脅威』と思われないのは、ミヅキ自身にも原因があるのだから。

そもそも、ミヅキは売られた喧嘩を買っているだけであり、自分から仕掛けることは少ない。その理由も『面倒だから』というものであり、野心家が持つような支配欲といった感情も皆無だ。

支配する以上、管理する責任が伴うのは当然。ミヅキはそういったことに思い至る性格をしているため、仕事にしろ、報復にしろ、結果は出せども余計なことをしなかったりする。

これを聞くだけでも、ミヅキへの対処法が判るだろう。

冗談抜きに『関わるな、危険！』という一言で済む。

大真面目に脅威と認識していた皆様には大変申し訳ないことだが、それさえしなければ、ミヅキは無害と言っていいほど大人しい。ただ、それを信じる者が殆どいないだけで。

ミヅキのことが知られた当初、それらを馬鹿正直に告げた時は、あの大らかなウィルでさえ、『へ？　嘘だろう？』と言ったくらいなのだ……信じる者が殆どいなくとも、無理はない。

実際のミヅキは単なる自己中である。

極度の自己中者が、不屈の精神と己に素直過ぎる行動力を有していただけである。

見下すにしろ、脅威と感じたにしろ、興味を引かれた者がミヅキに仕掛けているだけなので、儂から見れば、単なる自殺行為に過ぎない。勝手にフラグを突き立てているだけだ。

野良猫だって、警戒心が強いじゃないか。迂闊に手を出せば、容赦なく引っ掻くじゃないか……！

ミヅキの場合は、まさにそれ。『黒猫』という渾名は、意外にも的を射た表現なのである。もっとも、やらかすことは猫が怒るどころの騒ぎではないけれど。

儂の視線の先では、ヴァイスが懇切丁寧にミヅキの所業を使者に伝えていた。彼は真面目な性格をしているようだし、騎士である以上、報告書などを作成することもあるだろう。つまり、『説明が判りやすい』。

そんな彼はサロヴァーラの一件において、ほぼミヅキと行動を共にしていたという猛者である。優しい表現に置き換える・暈すといったこともなく、事実を判りやすくハーヴィスの使者に教えてくれているヴァイスに、悪意なんてものはない。ただただ馬鹿正直に、ミヅキの所業を伝えているだけだ。

——ただし、それが必ずしも良い方向にいくとは限らない。

時には嘘が必要なほど、『酷い現実』というものがある。

ヴァイスの話はほぼ、こういったもののオンパレードであった。

それを判っていて、周囲の者達は誰もヴァイスを諫めない。使者殿の中の魔導師のイメージが、『怒らせてはいけない人』から『平常運転でヤバい奴』にチェンジしつつあることを悟ろうとも、それも事実とばかりにスルーを決行。

今後に控える親猫……もとい、エルシュオン殿下との話し合いを考えれば、事実を知っていた方が良い。そう判断したゆえの、優しさであろう。

……。

少なくとも、儂は慈悲の心から事実を告げた。ミヅキに無駄な期待は抱かない方が良い。魔導師の真実を知らず、エルシュオン殿下から訳の判らないぶっ飛んだ話をされるより、まだ理解しやすいだろう。事前に魔導師の情報を得て、ろくでもない生き物の所業に慣れておけば、本番（＝親猫との話し合い）で醜態を晒すことは避けられるかもしれないじゃないか。……多分。

その話し合いの最中、ハーヴィス側が全てを理解できたことを確認した上で、こう言ってやればいい――『その【ヤバイ奴】を怒らせて、報復の危機にあるのが、お前の国』と！

どう考えても、滅亡待ったなし。とどめは最後に刺すものだ。

絶望を抱えたまま、使者はハーヴィスへと帰るだろう。

と言うか、今頃エルシュオン殿下に泣きつこうとも、当のミヅキがすでに家出中。冗談抜きに、イルフェナ側にも打つ手がないのである。

ミヅキはこれを見越して、家出などしたのだろう。魔導師のヤバさが伝われば、ハーヴィス側は自分達のしでかしたことを綺麗に忘れて、唯一のストッパーたるエルシュオン殿下に縋るだろうから……と。勿論、現実はそこまで甘くはないわけで。

暗に、『イルフェナ優位で〆られちまえ！』と言っているのだ。大変性格が悪い。

様々な想いを込め、儂はハーヴィスの使者殿へと哀れみの籠もった目を向けた。偶然にも合った視線に、使者殿は何故か、びくりと肩を跳ねさせた。おい、失礼な奴だな⁉

「な……何か言いたいことがあるのでしょうか？　ええと……アルベルダのグレン、殿」

「……」

「……っ」

「……いいえ？　何も。すでに皆様が様々な話をしてくださったのです。今更、何を言うことがありましょう。……ああ、ですが」

「ですが⁉」

食いついてくる使者殿に対し、儂はふっと達観した表情を浮かべた。

「儂が何を言おうとも、今更でしょう？　過去は変わらないのです……ミヅキの性格矯正なんてものも、不可能ですからね。まだ、世界が滅ぶ可能性の方が高いですよ」

「え」

「ですから」

あえて、哀れみたっぷりの目を向けてやる。

「どう頑張っても、ハーヴィスに魔導師の報復を免れる術はありません。勿論、儂らとて何もできん。それだけはご理解くだされよ」

使者殿の顔が絶望に染まる。そんな彼の姿に、視界の端に居た近衛副騎士団長殿が満足そうに頷き、笑みが深まったのは……見なかったことにしておこう。下手に突く方が怖い。

物腰柔らかく優しげな表情をしているが、彼とて、この国の騎士を率いる者の一人。当然、見た目通りの性格などしていない。寧ろ、彼――クラレンス殿の本性は『毒』に近かろう。

我々の遣り取りを黙って聞いていたばかりか、一応は『客』にあたる使者殿を守る素振りすら見せないことが、彼の本心を物語っているようだった。案内を任されている以上、『話を打ち切らせること』はできたというのにな。

今にも倒れそうな使者殿にとって今回のことは、祖国の愚か者達が起こしたとばっちり。だが、選ばれて来た以上、正しい情報を持ち帰ってもらわねば困る。


そのための一時だったのだ。中々に、サービス精神が旺盛だろう？

ここまで聞かせてやった以上、『知らなかった』は通らない。


……ああ、ハーヴィスの使者殿よ。忘れているようだが、そちらはゼブレスト王の命も危険に晒している。今回ばかりは誰もミヅキを止める者が居ないと、話し合いの場で悟るがいい。

第二十一話　話し合い＝言葉での殴り合い

――イルフェナ王城・とある一室にて（グレン視点）

ここは話し合いのために用意された一室。ハーヴィスの使者殿は勿論のこと、当事者であるエルシュオン殿下にルドルフ様、カルロッサの宰相補佐殿と儂が顔を揃えていた。

さすがに使者殿だけでは頼りないと思ったのか、彼の背後には案内役だったクラレンス殿が控えている。いくら元凶であるハーヴィスからの使者だろうとも、個人的な感情で害して良いはずはない。それがどれほど納得できるものであろうとも、国同士の話し合いの場では抑えるべきなのだ。

――それゆえに。

エルシュオン殿下の心境を察している騎士達は案内役兼護衛役に、エルシュオン殿下を抑え込めるクラレンス殿を抜擢（ばってき）したのだろう。

何だかんだ言っても、殿下は身内に甘い。クラレンス殿とその奥方のシャルリーヌ様は、エルシュオン殿下にとって兄や姉のような方だと聞いている。日頃から窘（たしな）めるような言動をすることもあるらしいので、エルシュオン殿下の抑え役を任されたに違いない。

ここで重要なのは『イルフェナが気遣っている対象はエルシュオン殿下』ということだ。

今回の一件の被害者とも言うべき王子がくだらない中傷をされぬよう、悪意ある者達にその言動が利用されぬよう、守っているだけである。

これを見るだけでも、今回の一件に対するイルフェナの心境が透けて見えると言うもの。

彼らは争いを避けるべく腑抜けていたのではなく、じりじりと報復の時――周囲への根回しを終え、報復を正当なものにするため――を待っていたのだろう。

……。


魔導師ミヅキとその友人達は、予想以上に素晴らしい働きをしたようだ。

少なくとも今回の一件に限り、十分過ぎるほどイルフェナの役に立っている。

ミヅキは友人達を通じて他国へと情報を知らせただけだろうが、それを受け取った側が友人という立場を利用し、イルフェナに集結してしまっているのだ……ハーヴィスへの加害者認定は確実であろう。

つまり、この場で『ある程度のこと』（意訳）を言ってしまっても、正当性があるのだ……！

今回ばかりは失言しそうなエルシュオン殿下にとっても、良い状況と言えるだろう。うっかり血迷ったことを口走ろうとも、周囲のフォローさえあれば、『子猫を案じる保護者』という形にできるじゃないか。

ミヅキの家出により、親猫様はガチでお怒りなのである。
その八つ当たり対象は当然、ハーヴィスに該当する全て。

ただでさえ過保護なのに、自分が切っ掛けとなって、報復という名の遠足に出発されてしまったのだ……日頃を知る者からすれば、涙を誘う事態である。

誰だって、こう言うだろう――『貴方は何も悪くない』と！

冗談抜きに、彼は今回の一件において被害者なのだ。その弊害が魔導師の家出なんて、エルシュオン殿下からすれば踏んだり蹴ったりな状況だろう。胃薬は必要だろうか？

「……とりあえず、君の言い分を聞こうか」

目の前にはハーヴィスからの使者。彼を見据えて、エルシュオン殿下は口火を切る。
そう言って、うっそりと笑ったエルシュオン殿下は――

誰がどう見ても魔王だった。怒り心頭の親猫様だ。

「ひ……っ」

抑える努力など必要ないとばかりに放たれる威圧に、ハーヴィスの使者は小さく悲鳴さえ上げている。気が弱い者ならば、気絶してもおかしくはない。

……が。

ここはイルフェナ、実力者の国。ついでに言うなら、ハーヴィスの嘗めた態度に、イルフェナの騎士達はお怒りだった。そんなわけで、当然のこと——

「ああ、しっかりしていただきませんと。どれほどハーヴィスに情報を持ち帰れるかは、貴方に掛かっているのですから」

気絶することは許さないとばかりに、背後に居たクラレンスが使者殿を支える。その目が僅かに笑みの形を刻んだ気がしたが、僕はあえて見なかったことにした。

誰だって、火の粉は被りたくないのである。知らぬふりで回避できるならば、喜んで視界を閉ざそうじゃないか。

「これまでミヅキの友人達から、『色々と』聞いたと報告されている。だけど、勘違いしないで欲しい。一応言っておくけど、イルフェナの対応とあの子の行動は別物だよ？」

「へ？」

「イルフェナが振り上げた拳を下げれば、ミヅキもそれなりに考慮してくれるだろうけど……今のままだと一切の配慮はないだろうね。あの子、『化け物扱いするなら、人の法に従う謂れはない』っていう方針だから、何をするか判らない」

淡々と告げられる事実に、使者殿は益々、顔色をなくす。その遣り取りを眺めながら、僕は生温かい目でエルシュオン殿下を見た。

殿下……そこで『私が止めれば、とりあえず止まる』とは言わないのですね……？

儂と同じことを思ったらしいセリアン殿も、生温かい目で親猫の奇行……いやいや、本心駄々洩れの言動を眺めていた。

これまでのエルシュオン殿下からすれば、考えられない言葉である。冷静沈着で確実に結果を出す、決して感情に踊らされぬ魔王殿下――


それが今では、過保護な親猫様。別の意味で、泣けるかもしれない。


だが、頭の片隅では納得してもいた。

愛情深く優しい親猫は、黒い子猫を得たことによって『今』があるのだ。それを判っているから、より過保護になるのだろう。そんなエルシュオン殿下の姿は、誰が見ても甲斐甲斐しい保護者……孤独な異世界人が得られるはずはなかったもの。

それゆえに、国の上層部――異世界人の扱いを知る者達は、過剰にも見える二人の仲の良さに納得できるのだろう。その得がたさが当人達にしか判らないものであったとしても、思いやることはできるのだから。

様々な困難を仲間達と乗り越え、得られるはずがなかったものを与え合った二人の絆が強固なものであることなど、今更ではないか。そんな相手が害されれば、誰だって怒る。

敬愛する親猫が失われかけた以上、黒い子猫が牙を剥くのは当然であり。

子猫に泥を被らせたくない親猫が元凶相手に怒るのもまた、当然のこと。


使者殿は本当の意味でそれを判っていなかった。二人の間にあるのは一般的な忠誠心なんてものより遥かに重く、過保護と言うには過ぎるもの。

だが、そうでなければ『今』はあり得ない。ウィルと似たような絆を築いた儂だからこそ言えるが、『誰にでもできること』なんて甘いものじゃないのだ。


この世界にはありえない『異物』が、世界の流れを覆した。

運命とやらの流れを変えてしまったと言ってもいい。


それを叶えるためにはミヅキでさえ、自己保身なんて考えていられなかったのだ。多くの者は『ミヅキは自己保身を考えない』などと呆れるが、実際にはその余裕がないだけであろう。

……そんなものを考えていたら、望んだ結果は出せないのだから。

悪になることさえ厭わぬ姿勢と、あらゆるものを使い倒して組み上げた策。この二つが我らの武器であり、覚悟の証。それこそ、かつて儂も辿った道である。

「随分とこの状況に理解があるのね？　グレン殿」

儂の視線に含まれる感情に気付いたらしいセリアン殿が、こっそりと話しかけてくる。

「貴方は小娘と同郷……いえ、この世界でほぼ唯一と言って良いほど、似た立場にある方ですもの。貴方が理解を示す程度には、エルシュオン殿下の態度に納得できるのでしょう？」

「そうですなぁ。まあ、儂と陛下は『イルフェナの猫親子』の先輩とも言える立場でしょう」

「……」

セリアン殿が目を眇める。アルベルダの過去を知っているならば、この反応も当然か。儂と陛下の若かりし頃は、今とは比べ物にならないくらい大陸中が荒れていたのだ。

当時のことを知っているなら、単純に『異世界人とアルベルダ王の友情物語』とは言えないはずだ。そのような平和な遣り取りが安易にできるほど、情勢は甘くなかったのだから。

「儂と陛下は自国の統治に全力を向けた。ミヅキ達はその労力が他国に向いた。それだけの違いだと儂は思うのですよ。まあ、ミヅキのやり方は随分と破天荒ですが、望んだ決着をもたらしたことは事実。必要なことだった、とも思うのです」

「……。そうね、並の方法では成し遂げられなかった。それは理解できるわ」

「命の危険があったことを知っています。ミヅキ自身の性格が影響していることも事実でしょう。ですが、そう見せることさえも計算されていたと、儂は思っているのですよ。儂自身、随分と己を偽ってやらかしましたからな」

幼く見える外見を利用し、無邪気さを装って情報を得、ウィルに勝利をもたらした。正攻法で崩せぬ壁ならば、崩せる方法を取るまで。必要なのは正義ではなく、遣り遂げる意志と才覚。

だからこそ、儂とウィルは向けられる悪意を否定しない。そう思われることもまた、当然と思っているのだから。

セリアン殿とて、宰相補佐を務める身。そういったことに理解はあるのだろう。即座に納得したような表情になるセリアン殿をよそに、エルシュオン殿下は話し合いとやらを始めている。

……。

いや、八つ当たりとお小言か。

イルフェナからすれば使者殿のような小物……じゃない、お使いに来ただけの『生贄』が何らかの対処を約束できるなんて、思っちゃいない。単に、状況を正しく知らせたいだけだ。

それゆえに、エルシュオン殿下は話し合いの場に参加する権利を勝ち取れたのだろう。使者殿をきっちりと脅すならば、責める権利がある彼が適任だ。

「アグノス殿が『血の淀み』を持つなら、ハーヴィスは管理する責任がある。それなのに、随分と自由にさせているんだね？　これはどういうことだろうか」

「し……失礼を承知で申し上げます。情けない話ですが、私はアグノス様の状態を把握しておらず……いえ、大半の者達が私と同じ認識をしているでしょう。今回のことも驚いたはずです」

「へえ？」

「隠蔽が可能だったのは、アグノス様の周囲の者達、陛下、もしくはその周辺の者でしょう。王妃様は時に苦言を呈していらしたようですが、陛下が聞き入れることはありませんでした」

正直に話すことが怒りを和らげると察したのか、使者殿は怯えながらも口を動かしている。その内容は当然、同席している我らにも筒抜けだ。

「随分と危機感がない」

「仰る通りです……ですが、これだけは信じていただきたい。アグノス様は本当に大きな事件など、起こしていなかったのです。貴方様とて、王族ならばご存知でしょう……証拠がない以上、王族の方を幽閉などできません。陛下が庇われているならば、なおのこと。そうでなくとも、これまで普通に過ごしていたことによる『実績』ができてしまっているのですから」

「それは判るよ。下手をすれば、権力争いによる王女の追い落としにしか見えないからね」

理解を示すことを口にするエルシュオン殿下だが、我らの関心は『使者殿がそう判断できたこと』に向いている。つまり、『本当に問題がないように見せかけていた』ということだ。

ハーヴィス王妃の書によれば、王家の力を削ぐことを狙っていると思われる者達——あくまでも予想の範囲——が一定数はいたはずだ。彼らがアグノス王女を利用しようとしていたならば、『普通に過ごせている王女』という姿を意図的に作り上げていた可能性が高い。

危険性を感じられないならば、王が溺愛する王女を強固に囲い込むことはない。

それゆえに、決定打とも言うべき事件を起こせる状況になっていた。

王妃がいくら優秀であったとしても、王を説得することはできなかっただろう。問題行動を起こしていないならば、『現状維持で十分』と判断するだろうから。

そこで独自の調査をしないあたり、王の甘さが透けて見える。『王妃が苦言を呈する【何か】があった』――そう判断していれば、今回のことも起こらなかったに違いない。

「だが、王妃の苦言を退けたのは王の落ち度。勿論、無条件に王に従った者も同罪だよ。アグノス王女が『血の淀み』を持つことは事実なのだから、最低限、調査はすべきだった」

当然、エルシュオン殿下は使者殿の言い分をばっさりと切り捨てる。俯きがちになる使者殿とてそれは判っているのか、反論はない。

「私達にはハーヴィスの事情など関係ない。実行したのがアグノス王女の子飼いで、主犯はアグノス王女。そして、『血の淀み』を持つ王女を管理せず、野放しにしていたのがハーヴィス。王妃の苦言を無視したのが、ハーヴィス王。それが今回の見解だ」

「……っ」

「関係ないんだよ、君達の国の事情なんて。全ては、判断の甘さと身内贔屓が原因じゃないか」

「お……仰る通り、です……」

鋭くなるエルシュオン殿下の視線と共に、威圧が高まる。その不機嫌な表情のまま、殿下は苛立ちを隠そうともせず、感情のままに言い放った。

「あっさり襲撃された我が国の防衛態勢も問題ありだけどね？　……うちの子、家出しちゃっただろ⁉　私が倒れている隙に動いていたと思ったら、協力者を作った挙句、さっさと報復に行ったよ。こうなっては、私にも止める術がない。うちの馬鹿猫が盛大にやらかしたら、どうしてくれるんだ！」

「は……？　馬鹿猫……？」

怒りのあまり叫ぶような状態になったエルシュオン殿下の言葉に、使者殿は先ほどまでの悲愴さが嘘のように、ぽかんとした表情になった。

……。

まあ、そうだろうな。いきなり『馬鹿猫』と言われたところで、一体何のことを言っているのか判るまい。精々、飼い主に構ってもらえなくて拗ねた愛猫の家出にしか思われないだろう。

また、エルシュオン殿下の剣幕も使者殿の困惑に拍車をかけている。これまで比較的冷静だったため、殿下が感情を露にするほどのものが『猫』という事実に付いていけないに違いない。

だが、状況を理解できてしまった儂とセリアン殿は、揃って死んだ目になっていた。心境を言葉にするなら、『何言ってんだ、この人』である。

殿下……重要なのは貴方が襲撃されたことです。ミヅキの家出じゃありません。

親猫根性を出さないでくださいませんか。フォローに大変困ります。

「エルシュオンにしか懐かない、凶暴な黒猫がハーヴィスを狙っているんだよ」

補足するかのように紡がれた言葉は、それまで黙って彼らの会話を聞いていたルドルフ様のもの。

……だが、ルドルフ様はミヅキの親友になるような方であって。

安堵しかけた儂をよそに、ルドルフ様は清々しい笑顔で容赦ない追い打ちをかましてくださった。

「そいつが例の魔導師な。『魔王殿下の黒猫』って通称は知っているだろう？　騒動ばかり起こすから、エルシュオンにとっては『馬鹿猫』なのさ。まあ、誰もが認めるほど可愛がっている愛猫なんだけど、黒猫の方も飼い主に懐いているからなぁ」


違う！　そうじゃない！　いや、それも事実だけど！

ここ、話し合いの場！　とどめを刺して、どうするんですかぁっ！


儂とセリアン殿の声なき悲鳴が上がった気がした。思わずそちらを見れば、同じくこちらを見ているセリアン殿と目が合い、互いを同志と悟る。

そうですよね、ここはエルシュオン殿下を落ち着かせ、話し合いをさせるところですよね？　間違っても、更なる燃料を投下し、使者殿を恐怖に陥れる場ではありませんよね⁉

「ルドルフ、煩いよ」

「事実だろ？　どう考えても、子猫に家出されたことを怒っているじゃないか」

「ぐ……！」

睨まれようとも、ルドルフ様は動じない。不機嫌極まりないエルシュオン殿下の威圧をものともせず、さらりと言い返している。

二人の親しげな遣り取りに、使者殿は暫し、唖然とし。やがて、ルドルフ様が誰かを思い出し……彼がこの場に居る理由に思い至ったのか、じわじわと顔色を変えていった。

対するルドルフ様もそれに気付いたのか、改めて使者殿に向き直る。

「あ、俺も今回の被害者だから。一応、言っておくけど、俺がゼブレストの王ルドルフだ。魔導師ミヅキの親友でもあるが、俺も自分とエルシュオンのことで怒っているから、ミヅキを止める気はない。寧ろ、あいつが報復をするならば応援する」

頑張れよ、あいつ本当に凶暴だから！　キヴェラも〆られたし、常識が通じないからな！

大変いい笑顔で、言葉の爆弾を投げつけるルドルフ様。『隣国の王を巻き込んだ』という事実に加え、怒っているはずの人――しかも、一国の王――が笑顔で報復を魔導師に丸投げしている状況に、使者殿はとうとう己の許容範囲を超えたらしく。

――声もなく、気絶したのだった。

第二十二話　親猫は今日も胃が痛い

――イルフェナ・騎士寮にて（ルドルフ視点）

使者殿の気絶により、話し合いが中止され。俺達はミヅキの友人一同が待つ、騎士寮へと集っていた。当然の如く、話し合いの内容は彼らに筒抜けだったりする。

そして、俺は。

「くっ……あははは！　いやぁ、良くやった！　エルシュオン！」

特大の失言と言うか、話し合いの場を混乱させた元凶を前に、テーブルをバンバンと叩きながら大笑いしていた。

いやいや、あれに笑うなという方が無理だ。俺は悪くない。悪くないぞ？

「ルドルフ……君、ねぇ……！」

「だんだんと化けの皮が剥がれて、最後は立派に飼い主だったじゃないか。そりゃ、使者殿も困惑するだろうさ。何で、愛猫の家出に一番怒ってるんだよ⁉　意味が判らんわ！」

笑い続けて涙が滲んできた俺に、エルシュオンはジトっとした目を向けてくる。

だが、全く怖くない。威圧込みだろうとも全然怖くないぞ、エルシュオン！

「やはり、その場に居たかった」

「見物でしたでしょうにねぇ……」

残念そうなセレスティナ姫とエメリナの姿に、そうだろう、そうだろうと頷いておく。残念ながら、彼女達には参加する権限がなかった。……この二人、魔導師の真実を暴露した時こそ本来の身分を名乗っていたようだが、実際には身分を偽ってのイルフェナ訪問。『コルベラの女騎士セシルと侍女のエマ』としてイルフェナに滞在している以上、無理な話なのだ。

それでも、会話だけはしっかりと聞いているのだ……ミヅキとたいそう仲が良いこの二人の性格を考えれば、『是非ともこの目で見たかった！』という心境なのだろう。

そして、それはこの二人に限ったことだけではない。

「『サロヴァーラでお会いした時、これまでの噂と一致しないエルシュオン殿下の言動に困惑した』とテゼルトが言っていたけれど……うん、まあ、そうなるよね。ガニアの一件の際、魔道具を介したミヅキとの会話を聞いていた私でさえ、ちょっとこれは予想外だった。……ふふっ」

「……。シュアンゼ殿下、無理をして笑うのを堪えなくても良いですよ。私自身、自業自得ということは理解しているので」

「そう？　まあ、これでも私はガニアの王族だから。いくら何でも、滞在させてもらっている国の王子のことを笑うのはちょっと、ね……っ」

言いながらも、シュアンゼ殿下は横を向いて肩を震わせている。さすがに従者の方は笑っていないが、微笑ましそうな目を向けられて、エルシュオンもいたたまれなさそうだった。

従者……ラフィークは決して、エルシュオンを笑っているわけではない。寧ろ、本心から微笑ましがっているのだ。彼の主である、シュアンゼ殿下が楽しそうなことも一因だろう。

ただ、当人からすれば、そういった目を向けられるのは気恥ずかしいものでもあって。

結果として、エルシュオンは口を閉ざすに至ったのであった。

親猫、従者の全開の善意に敗北す。

さらっと流せないエルシュオンの姿に、以前、ミヅキが『魔王様って恐れられるか、敵意を向けられることが大半だったから、好意に慣れていないんだよね』と言っていたことを思い出す。

……。

そうだな、まさにその通り！　こんな姿を普段から見せていれば、威圧があろうとも、あそこまで悪意を向けられなかった気がする。

王族という立場もあり、エルシュオンの外交における態度は『上位の者』という印象が強い。そこに威圧と類稀な美貌、そして傲慢にも思える余裕ある口調が相まって、『魔王殿下』のイメージが作り上げられたのだろう。

勿論、『魔王』という『悪』をイメージさせる流れを作り出したのは、エルシュオンに向けられた悪意である。ただ、上手く受け流せなかったエルシュオンにも問題はあったのだろう。


万能に見えて、我が友は意外と不器用だったようだ。

多分、エルシュオンとミヅキを足して二で割ったら、丁度いい。


ミヅキも場合によっては言動に問題ありだが、あいつは状況に応じて態度を使い分けるからな。

しかも、それを上手く利用するため、強く叱れない。

弱者を演じて手札を集め、強者に転じて息の根を止めに掛かるのだから、大変性格が悪い。ミヅキが自分を悪く言われても怒らないのは、単に相手の失言を狙っているだけである。

良くも、悪くも、ミヅキは器用なんだよなぁ……その『器用さ』がろくでもない方向に全振りされているので、敵になった奴は素直に謝罪した後、一発ぶん殴られた方が良い。

それが一番傷が浅いと、俺は自信を持って言える。

そいつに利用価値がなければ、それであっさり忘れてくれるのだから。


「まったく……どうなることかと思ったわ」

「まあまあ……セリアン殿とて、口を挟めなかったでしょうに」

「挟む余裕がなかったのです！　陛下への報告、どうしましょう……！」

「あ～……儂も『あの』遣り取りを陛下に報告するのか」

常識人組……もとい、宰相補佐殿とグレン殿が揃って溜息を吐く。彼らは国から派遣されている
――イルフェナに来た建前は別として、実際には国から送り込まれている――ため、報告の義務があるのだろう。

……。


確かに、嫌だな。あの遣り取りを、国の上層部や王に報告するのって。

言葉で飾るのも限度があろう。どう取り繕っても、後半のエルシュオンの発言は誤魔化せない。

ミヅキ曰く、アルベルダ王は『陽気で豪快な、少年の心を持つ親父様』。カルロッサ王は『遊び心を持つ、話の判る人』。つまり、どちらの王もミヅキのぶっ飛んだ言動に驚かない上、それなり

に話を聞いてくれる希少種と予想される。

アルベルダ王はともかく、カルロッサ王は唖然とするんじゃないかと思ったりするが、以前、ミヅキが『ジークの生産元だぞ、あそこ』と言っていた――つまり、ジークフリート殿は父親似（＝王家の血）――ので、多分、大丈夫だろう。

どちらもミヅキに理解がある方のようなので、エルシュオンの失言も『親猫様、ご乱心！』で済ませてくれそうだが、問題はその他の皆様である。

ミヅキに続いて、魔王と呼ばれた王子の言動に、どう言って良いか判らなくなるに違いない。慣れていないと、己の知る『イルフェナのエルシュオン殿下』との差が凄いのだ。哀れである。

「うちは陛下も、ルーカス様も、慣れていますから。そのままを報告しますよ」

達観した目になっているサイラス殿が、溜息と共にそう零せば。

「我が国もそのまま報告いたします。魔導師殿だけではなく、あの一件の際、滞在されたイルフェナの皆様のやり方を目にした者も多い。そのまま広まってしまっても、問題ないでしょう」

「あ～……サロヴァーラは魔導師殿が盛大に暴れたんでしたっけ」

「ええ。ですから、エルシュオン殿下の発言は『魔導師殿を案じている』と受け取られると同時に、後見人としての言葉とも受け取られるのですよ。いくら何でも、この状況において、エルシュオン殿下に『後見人としての務めを全うせよ』とは言えないでしょう」

「うわ、えげつない……！」

「当然のことです。此度の非は全てハーヴィスにあります」

要は『襲撃により負傷し、エルシュオンは魔導師を管理する役目を全うできなかった』ということにする模様。『後見人としての使命を全うできなかったのは、ハーヴィスに原因がある』と。

エルシュオンに悪意を持つ者達が突きそうな問題を、先手を打って潰す気らしい。しかも、今ここでそれを口にした以上、『事実』として、各国に報告されることを期待しているのだろう。

ヴァイス殿の発言に、サイラス殿が顔を引き攣らせる。真面目な顔して、ヴァイス殿は中々に腹黒いようだ。そこに気付いた面子は、面白そうな顔をする者とぎょっとする者に分かれている。

……。

まあ、大半は面白そうな顔をしているが。俺もそっちの方が面白いし。

そもそも、真面目で善良なだけの奴が、サロヴァーラの王家側で生き残れるはずはない。彼はサロヴァーラの一件の際、ミヅキの護衛を王直々に任されたらしいので、彼自身が王の信頼を受けていることは勿論、『様々な意味で』優秀なのだろう。

と言うか、まともな公爵家だったら、子供達にそれなりの教育を施す。国の暗部にさえ携わる家柄である以上、物語に出てくる善良な騎士のようには育つまい。

どうやら、今回は中々に楽しい面子が揃ったようだ。互いの意見を交わし合い、報告の方向性を確かめ合った結果、基本的には皆、同意見。ついつい、ほのぼのとした空気が満ちる。

――そんな中に響く、親猫の鳴き声……もとい、不満そうな声。

「君達さぁ……私で遊んでいないかな？」

声の方に顔を向けると、ジトっとした目で、エルシュオンが俺達を眺めていた。

「どうした、エルシュオン？　寂しくなったのか？　別にお前を仲間外れにしていたわけじゃないし、飼い主発言を笑ったわけでもないぞ？　寧ろ、良くやったと思っているが」

「飼い主……いや、それ以前に『寂しくなったのか？』って……」

「会話に交ざりたいのかと思ったからだが？　って言うか、親猫でも、保護者でもいいけど、とりあえず『愛猫が家出した元凶を怒鳴りつけた』ってことだけは、誤魔化しようがないから」

ズバッと言ってやれば、自覚があるのか、エルシュオンは顔を赤らめそっぽを向いた。自覚があるようで、何よりだ。これで無自覚発言だった場合、今後の対策も必要になってくるじゃないか。

「た……確かに冷静ではなかったかもしれないけどっ」

「まあ、それは置いといて」

「え」

唐突な話題の切り替えに、ピシっと固まる一同――例外は騎士寮面子とガニア主従、グレン殿だけだ――をよそに、俺はエルシュオンと向き合った。

「実際のところさ、お前はどうしたい？　ミヅキが暴れるのは確実だから、ハーヴィスがノーダメージってことはない。他国からの評価も然り。イルフェナが何らかの行動を起こす必要がないところまできていると、俺は思う」

「……。そうだね、私もそれは同意見だ」

「だから、後はイルフェナの気持ち次第ってことだろ。エルシュオンはどうしたいんだ？」

俺の問いかけに、エルシュオンは暫し、考えるように目を眇め。

「ミヅキの被害次第、というところかな」

安定の親猫発言をかましました。……おい。

「いやいやいや！　そこまでミヅキ中心に考えなくていいから！　お前、マジで黒猫の飼い主のつもりかよ⁉　お前が動かなくても、ミヅキはハーヴィスに文句なんて言わせないぞ⁉」

マジである。我が親友は凶暴で、性格も悪いが、『頭脳労働職』や『知恵は剣よりも性質が悪い』という言葉を口にするほど、頭が切れるのだ。間違っても、イルフェナに迷惑はかけまい。

だが、エルシュオンはそんなことなど判っているとばかりに鼻で笑うと、温い笑み――微妙に怖かった――を浮かべたまま、反論を口にしたのだ。

「仕方ないだろう？　……今回、あの子がどの程度暴れてくるかなんて、想像がつかないんだよっ！　今回のように私が害されたことはないし、同行者もセイルリート将軍とジークフリート殿なんだ……この戦力過剰状態の暴走組の被害を一体、どう想定しろと……？」

「「ああ……」」

心当たりのある俺とセリアン殿が、揃って目を逸らす。同時に、それを思い浮かべてしまったらしい人々が、今更のように顔色を悪くした。

ま、まあ、そうだな。ミヅキだけでも被害が読めないのに、守護役の中でも群を抜いて物騒な二人――二人とも戦闘特化型――が同行者。

しかも、セイルは俺も危険に晒されたことでガチギレしていた。ジークフリート殿は『戦闘狂モードになると、満足するまで周囲の声が聞こえない』と聞いているから、ミヅキかセイルが止めない限り、その状態が続くわけで。

Q・ただでさえキレている二人が、頼もしき戦闘狂を大人しくさせるのか？

A・そのまま放置。それどころか、煽る可能性・大！

そりゃ、エルシュオンも頭を抱えるし、達観した心境になるだろう。『遠足』とは言っていても、詳しいプランなんて誰も知らないのだから。

こちらの予想が現実となってしまった場合、同行者がどれほどミヅキを抑え込めるかが明暗を分けることになるのだが……止めないだろう、誰も。寧ろ、間違いなくノリノリで便乗する。

「しかも、双子の片割れの姿が見えないしね？　……こうなると、捕まえることも不可能だ。ミヅキ達が帰って来るのを待つしかない……」

「おや、バレていましたか」

「あいつらは三人で行動していることが多いからな」

項垂れ、深々と溜息を吐くエルシュオン。苦笑しながら『仕方ない』とばかりに零す白と黒の騎士には――清々しいほど、罪悪感がなかった。

主従でありながら、彼らは本当に距離が近い。幼馴染である二人とは以前も距離が近かったが、最近、彼らは前以上にエルシュオンに遠慮がなくなっているような気がする。

「まあ、なるようにしかならないさ。無駄な抵抗……心配は止めておけ」

「その原因の一人は君の騎士だろう⁉」

キッとばかりに睨みつけられるが、俺はエルシュオンに肩を竦めてみせた。

「諦めろ。俺が危険に晒され、エルシュオンが害された以上、セイルは絶対に怒りを収めない。って言うか、俺が同行を命じた。そもそも今回、俺は全面的にミヅキの味方」

「え」

「俺はいつまでもお前に守られる存在じゃないんだよ。たまには行動するさ」

にやりと笑って、得意げに胸を張る。ミヅキだけじゃなく、俺だって成長するんだよ。いつまでも『守られる側』に甘んじるはずはないだろう？　なあ、エルシュオン。

エピローグ

――イルフェナ王城・王妃の私室にて（イルフェナ王妃の独白）

「ふ……ふふっ！　あのエルが、ねぇ……」

もたらされた報告に、私は思わず噴き出していた。だって、仕方ないでしょう？　『あの』エルが黒い子猫を気にするあまり、『失態』をしでかすなんて！

『失態』などと表現しているが、私からすれば快挙だった。エルは生まれ持った魔力による威圧を気にするあまり、感情的になることなど皆無だったのだから。自然と、そうなってしまった。

あの子は優しい。だからこそ、感情のままに強い口調で怒鳴ること――それが余計に威圧を強め、人々を怯えさせるから――なんて、なかったのだ。

だけど、それが簡単だったかと言われれば……間違いなく『否』だったはず。


いくら教育を受けていても子供なのだ。感情的になることがあっても、おかしくはない。


それなのに、エルはいつの間にか、そういった行動を取らなくなっていた。言うまでもなく、威圧に怯える周囲の人々を気遣ったゆえである。

『物分かりが良過ぎる、頭の良い子』。あの子に好意的だった大人達が抱いた感情は、大半がそういったもの。

それを不気味に思う者とて一定数はいたのだから、まさにどうしようもない状況だったのだろう。エルやエルの幼馴染達が周囲を警戒し、大人びた態度――極力、突かれる要素を見せない――になるのも、当然と言えた。

……いや、そんなに生易(なまやさ)しいものではない。

もっと言うなら、『大人達への失望』と『切り捨て』だ。子供達は愚かな大人達に期待するのを止め、自分達で何とかすることを選んでしまったのだろう。その才覚も十分にあった。

それに気付いた時、私が感じたのは……『母親としての不甲斐なさ』だった。

エルの魔力の原因が自分にあると自覚しながらも、私は……何もしなかったのだ。『王妃として、息子の個人的な事情に関与するわけにはいかない』などと言い訳せず、行動すべきだった。

特別扱いは良くないと判っている。だが、息子にはこの国の王子という立場もあるじゃないか。ならば、王妃として、この国を想う者として、周囲の者達を説得しなければならなかったはず。

陛下とて、それを悔いていた。だが、当時は大陸中の情勢が不安定であり、夫はこの国の王としての立場を優先させなければならなかった。そんな余裕がないことくらい、私にも理解できる。

「エルは周囲の大人達を信頼しなかった。私達がそうさせてしまった！　それを間近で見ていたからこそ、エルの味方をしていた子供達も大人を頼ることを止めてしまったのよ。いいえ、期待すらしなかったでしょうね。だから……」


だから、あの子達の絆は強固なものとなり。

たやすく他者を受け入れることをしなくなっていったのだ。


ミヅキがあそこまで彼らの仲間として受け入れられるなど、快挙以外の何物でもない。そこまでの信頼を勝ち取ったミヅキも凄いとは思うが、実際のところ、ミヅキもエル達の同類だったことが大きいのではないかと思っている。

ミヅキは人見知りをしない反面、警戒心が強いのだから。

異世界人である上、たった一人でこの世界に放り出されたのだ。それくらいの警戒心がなければ、たやすく利用される未来しかなかっただろう。勿論、当初は後見人であるエルだけでなく、己を保護したゴードン医師さえも警戒対象だったはず。

だが、エルも、ゴードンも、ミヅキのそういった態度を諌めることはなく。寧ろ、そのままでいいとばかりに、警戒心の強さを褒めたのだろう。『異世界人がこの世界で生きていく以上、過剰な信頼は命取りになる』とでも教えていそうだ。

ミヅキは賢い。きっと、エル達が自分のためにしてくれていることに気付いていた。……おそらく、それが彼らの不利益に繋がるであろうことも。

だからこそ、黒猫は過保護な保護者に懐き。彼らならば己を利用しないと言わんばかりに、無条件の信頼を向けるようになったのだろう。恩返しとて、あの子からすれば『与えてもらったものを返しているだけ』という認識だ。

そうして過ごすうち、ミヅキはエルの孤独に気付いてしまった。同時に、そうして生きなければならなかったことにも気付いただろう。

だけど、それはとても寂しい生き方であって。

……エルの本来の姿を知るミヅキには、エルに向けられる悪意が許しがたいものでもあった。

そう判断するなり、ミヅキはエルの評価を改善するべく行動に出たのだ。その結果が現状なのだから、ミヅキの判断は決して間違ってはいなかったのである。

それを知った時、私は愕然（がくぜん）とした。同時に、気付いてしまった。『立場を理由に、私達が何の行動も起こさなかった』こと。そして……ミヅキもエル達同様に、『自分に好意的な大人達を頼らなかった』ということに！

ミヅキもまた、エル達と同じ判断を下していたのである。それは仕方がないのかもしれない。だが、そういった判断を下した上で、ミヅキは望んだ未来を勝ち取った。自己保身を全く考えなければ、遣り遂げられるのだと……『可能』だと、異世界人であるあの子は証明してみせたのだ。

「まさか……今になって思い知らされるなんて思わなかった。エル達が周囲の大人達を信頼しないのは、当然だったのよ。『何もしない』ならば『向けられる評価は変わらない』なんて、当たり前のことだったのに」

私達はエルを気の毒に思い、見守るのではなく、状況を改善するよう動くべきだったのだ。それなのに、エル達が距離を置いたことを仕方ないと思い、何の手も打たずにいた。それを今になって気付かされるなんて、何と情けない母親だったのだろう……！

「ミヅキが比較的自由に過ごせることを……それが何故、この国で可能になっているのかを、あの子達が知る必要はないわ。私達が勝手に信頼し、期待を向けているだけですもの」

だから、黙って見守ることにした。今更、同じような信頼を向けてもらえるなんて思わない。だが、子供達が少しでも動きやすいようにはしてあげたかった。

エル達とて、それには気付いているのだろう。状況が改善されつつある今、少しずつ私達との距離を縮めることを選んでくれたことこそ、その証のようなもの。

そして、そういった行動はエルやミヅキを他国と関わらせる切っ掛けとなり。今は――

「ミヅキの友人という扱いだけど、各国からの『お客様達』はエルを案じて来てくれた。自国のために情報を欲することも事実だけど、ミヅキが動きやすいように協力してくれている。それ以上に、負傷したエルを案じてくれているわ。だからこそ」

だからこそ、エルは彼らに対し、己を偽らず接することができるのだろう。

今とて、彼らと騒々しくも、楽しい時間を過ごしているはず。


そうなった原因がミヅキの家出というあたり、何とも言えないものがあるけれど……まあ、あの子ならば大丈夫だろう。どうやら、今回はルドルフ陛下も一緒になって『遊んで』いるようだし、騎士寮での時間は交流の場ということにして、割り切ってしまった方が良いのかもしれない。

「魔導師は『世界の災厄』と言われる存在。だけど、異世界人は『狭間の旅人』と呼ばれ、時に良き友人となる。ふふっ、まさか、自分がそれを痛感させられるとは思わなかったわ」

だから、良き友人よ。破天荒で自己中心的で、とても義理堅い『魔王殿下の黒猫』よ。

貴女はその心のまま自由に、そして仲間達と共に騒々しくあれ！

番外編　元孤独な王子の独白　（エルシュオン視点）

※時間軸は『ミヅキが家出をする直前』です。

――イルフェナ王城・エルシュオンの寝室にて

「はぁ……療養生活というのも、意外と退屈なんだね」

誰もいないというのに、ついつい言葉が口から零れる。そんな意味のないことをしてしまうほど、ここ最近の私は暇なのだ。

襲撃事件の後、私は一切の仕事を取り上げられ、療養生活を強いられている。ゴードンから説明された私の状況――襲撃時に負ったであろう、怪我の状態――を聞かされれば、周囲の心配も仕方がないとは思うけど。

どうやら、襲撃者は『致命傷と同時に、毒を使う』という厄介な方法を取ったらしく、襲撃者が持っていた凶器からは、死に至らしめるような毒が検出されたらしい。

それを聞いて、なるほど、と思った。結界などが邪魔で魔道具を外させたのかと思ったが、解毒の魔道具を外させる必要もあったわけだ。確実に私を殺したかったらしい。

そもそも、王族や高位貴族は身を守るための魔道具を身に着けているのが一般的。ゆえに、襲撃や暗殺といった場面では、まず魔道具の破壊が行なわれる。

それが不可能ならば、対象を誘拐……となる。これは単に、『その場で解除することができなかった』という場合も含まれるので、誘拐されたからと言って、狙われた者がその後も生かされているとは限らないのだ。

非常に殺伐とした世界だが、それが私の生きている場所でもある。と言うか、情勢が不安定であればあるほど、そういった事件はよく起きる。国を傾かせたいならば、国を支える有能な人材を潰せばいいのだ。

これは家同士の権力争いや、派閥同士の抗争でも同じ。規模の違いこそあれ、人同士の争いなんてものは、今も、昔も、変わらない。

よって、襲撃者が明確な殺意を向けてきたとしても、私のような立場の者は大して驚かないことが大半だった。幼少期よりそう教育されてきている――脅しに屈したり、命惜しさに寝返らせたりしないため――ので、私だけでなくルドルフも冷静でいられたのだ。

と、言うか。私は昔から悪意を向けられてきたし、ルドルフも似たような状況だった。

そんな殺伐とした状況に慣れ切った私達からすれば、『慣れた命の危機』よりも、『この襲撃がどう影響するか』ということの方が大問題。

特に、私には『ミヅキの保護（意訳）』という重大任務があるため、死んでいる暇なんてない。他国から『魔導師の唯一のストッパー』などと言われている以上、あの子を野放しにはしたくなかった。国が監督責任を問われてしまう。

……。

ま、まあ、それも少しだけ嬉しいと言うか、迷惑に思うばかりではないけれど！

私が怪我を負ったことにミヅキが激怒し、アル達と共に報復に出ることを、私は疑ってはいない。

……今の私ならば、そう確信できる。

これまでの私ならば、『彼らがそこまでする価値はない』と少々、卑屈に考えていたことだろう。

精々が、『仕事が滞り、国に迷惑をかける』という申し訳なさだろうか。

だけど、今は違う。

襲撃の傷が治癒されていく――私自身の魔力が使われるため、体への負荷がかかるそうだ――最中、酷い眠気に見舞われながらも思ったのは、あの黒猫と私の騎士達のこと。

彼らはきっとこの事態に激怒し、報復に出ると……私の意識がないのをいいことに、とんでもない行動を起こすと、私は疑ってはいなかった。

これまでならばきっと、そんなことを思いはしなかった。

立場的にも、私が案じるべきは『国』であり、私という『個人』のことではなかったのだから。

だけど、実際は……御覧の通り。治癒に当たろうとしたクラウスとて、呆れるしかなかったろう

……意識を失いかけているのに、言い残すことが『ミヅキ達のこと』なんて！

勿論、普通の心配ではない。『私の目が届かない中、ミヅキが何をしでかすか判らない』という、

ある種の危機感からの言葉である。これにはある一定数の賛同者が得られることだろう。

ミヅキは本当に凶暴だ。常識が通じないだけでなく、実行する強さと人脈、行動力がある。（人のくせに）狩猟種族の本能とばかりに、目を離すと容赦なく敵を狩りに行く馬鹿猫だ。

そこに『最悪の剣』とまで呼ばれる私の騎士達が加わると……『魔導師と言えども、個人が国に喧嘩を売る？　そんな馬鹿な』と、笑い飛ばせなくなるのだから、どうしようもない。

襲撃の際、護衛に当たっていた者達の処罰が軽く済んだことを知った今、私の不安は『ミヅキによる、ハーヴィスへの報復』という一点のみ。

話を聞く限り、ミヅキは速攻で他国の友人達へと事情を説明したらしいので、私の不安は募るばかり。手紙を受け取った彼らが、何らかの理由を付けてイルフェナへと集いつつあるので、すでに復讐計画は練られているのかもしれなかった。恐ろしいことである。

——その『集いつつある友人達』は、私のことを案じてくれているらしく。

アル曰く、『皆さん、ハーヴィス側の態度にはお怒りなようですよ。勿論、あの襲撃にも呆れていましたが、まるで時間稼ぎをしているかのようなハーヴィスの態度も気に食わないみたいです。【再び襲撃を起こさせない】という目的もありますが、ハーヴィスへの牽制、もしくは次なる襲撃が行なわれた際、自分達も関われるようにと、自国を説得して来てくださったようです』とのこと。

要は、彼ら自身がこの一件に介入する切っ掛け——つまり、囮（おとり）——になるべく、危険を承知でイルフェナに集ってくれている、と。

　これを聞いた時は心底、驚いた。いくらミヅキに恩があろうとも、彼らは王族や高位貴族といった地位に居る者ばかり。特に、シュアンゼ殿下に至っては未だ、足が不自由なので、下手をすれば本当に命の危機であるはず。それ以前に、彼は実の両親が断罪されたばかりなのだ……情報を聞き出そうとする輩は必ずいるだろう。

　メリットもあるが、デメリットも大きい。イルフェナに集ってくれた者達全てに言えることだが、彼らの目的が『情報収集』であろうとも、それに伴うリスクはそれ以上なのだ。

　……だが。


『貴方が無事で、本当に良かった』


　遠回しに尋ねた時、彼らから返ってきたのはそんな言葉。彼らの表情に、そして、その言葉を紡ぐ声音に宿っていたのは、紛れもなく『安堵』であって。……『ミヅキも心配だが、貴方のことも案じている』と、彼らは言葉にしてくれたのだ。

『友人』と明言しなかったのは、これまでの私自身の態度が原因だろう。威圧があるとはいえ、彼らから距離を取っているのは私の方なのだから。

　それでも、彼らは私に向き合おうとしてくれていたに違いない。そして、今回のことが切っ掛けとなり、彼らは行動で示してくれたのだ。

――差し伸べられていた手はあったのに、『恩人のような存在への感謝と気遣い』と決めつけていたのは私自身。拒絶を恐れたゆえの、不甲斐なさ。

「もう少しすれば、騎士寮に赴くこともできるだろう。そうなったら……少しは気安い態度で話してみたいものだ」

本心からそう思う。アル達にしろ、ミヅキにしろ、歩み寄ってくれたのは彼らの方。ならば、変わることを決めた私が取るべき行動は、自分から歩み寄る努力をすることであろう。

そう思うと同時に、つい苦笑が漏れる。自国より先に、他国にそういった存在ができるなんて奇妙に感じるが、原因と言うか、接点となったのがミヅキなので仕方がない。

私がミヅキに仕事を任せるか、ミヅキが勝手に騒動を起こしてくるという二択なので、必然的に私の立ち位置は『ミヅキの飼い主』やら『ミヅキの保護者』、果ては『黒い子猫の親猫』といったものになる。

そりゃ、恐怖も薄れるだろう……やっていることは馬鹿猫の躾なのだ。相手がミヅキである以上、私の言動も少々……いや、その、かなり、笑いを誘うものになっているはず。

これでは『魔王と恐れろ』と言う方が無理だろう。王族の威厳はもとより、飼い猫に好き勝手される飼い主なんて、微笑ましい以外の何物でもないじゃないか。

しかもミヅキが、猫耳を付けた私の映像を見せて回った疑惑もある。

一体、何をしてるんだ？　あの馬鹿猫は……！

「本当に、あの子が来てから騒動が絶えないな……」

思わず遠い目になり、これまでの出来事を反芻する。確かに、『超できる子』と自称するだけのことはやっている。だが、『貴方の身近な恐怖』とも自称しており、その言葉通りに『様々な意味での恐怖』（意訳）を撒き散らしていることも事実。寧ろ、魔法よりもミヅキ自身の発想が恐れられていると言ってもいい。

ある意味、ミヅキは正しく『世界の災厄』なのだ。

ただし、『殺さずに、心にとんでもなく深い傷を作る』という方向だが。

何やら無性に疲れを感じて、ベッドに潜り込む。状況的には、呑気に休んでいる場合ではないだろう。だが、胸に湧くのはどこか温かい感情ばかり。口元には自然と、笑みが浮かぶ。

「『皆』で楽しき日々を、か……。アルの言葉じゃないけれど、こんな日々も悪くはないのかもね」

――その日は珍しく夢を見た。

最初は幼い自分が寂しそうにしている姿。どこか泣きそうな表情のまま、けれど諦めを多大に張り付けた過去の自分。それを傍で見ているという、奇妙な夢。

きっと、自分を気にかけてくれていた大人達は、こんな私を目にしていたのだろう。だけど、掛ける言葉も、下手な慰（なぐさ）めも思いつかず、そのまま傍観という形を取っていたに違いない。

だが、今ならば私自身も悪かったのだと気付く。

寂しいならば、口に出せばよかった。恐れられようとも諦めず、歩み寄る姿勢を見せるべきだったのだ。私自身が求めているならば、手を差し伸べることだってできただろうに。

過去の姿に、苦い思いが込み上げる。『優秀な王子』なんて、とんでもない！　私は臆病で、諦める癖がついていて、けれど、無意識に誰かに救いを求めるような卑怯な子供だったのに。

……ふと気づくと、過去の私の傍には一匹の黒猫が居た。

驚き、固まる幼い私を見上げて、黒猫は嬉しそうに鳴く。『抱っこ！』と言わんばかりに両前足を向けてくる黒猫に、幼い私は恐る恐るそれを抱き上げた。その途端、過去の私は黒猫の温もりと、恐れるどころか懐く姿が嬉しかったのか……子供らしい笑顔を見せたのだ……！

やがて、黒猫を抱えた幼い自分の傍には多くの人達が集っていた。最初は猫を気にし、次は私に話しかけ……という感じに、徐々に人が増えていく。いつの間にか、幼い私と周囲の人々は何の隔たりもなく、自然に会話を交わしていた。

そこまで見て、気付く。これは現在の私の状況であると。

切っ掛けはミヅキでも、今はそれだけではない。交わした言葉から会話が弾むように、関わった出来事と共に過ごした時間によって、私自身にも繋がりができている。

以前の私は、そんな当たり前のことにさえ、気付いていなかったのだろう。

いつの間にか私の手を離れていた黒猫は、傍観していた『私』へと駆け寄ると、交ざれと言うように服を咥えて引っ張る。気が付くと過去の幼い自分は消え、人々は微笑んで私を迎え入れてくれた。

そんな『幸せな』夢、だった。

――翌日、ルドルフが親猫様（偽）と名付けられた超巨大猫のぬいぐるみを抱え、ミヅキからのメッセージとやらを伝えに来るまでは。

メッセージの内容は勿論、ミヅキの家出宣言である。私が頭を抱えたのは言うまでもない。

あの夢は変わり始めた周囲を私自身に気付かせるものではなく、これを暗示している正夢（まさゆめ）だったのかな⁉　ちょ、微妙に怖いんだけど⁉

ルドルフが悪夢を見なくなったことといい、私の夢といい、どうにも偶然とは思えない。親猫の方はミヅキが無意識にやらかしているとしても、子猫の方にも何かあるんじゃあるまいな？

……。

このぬいぐるみ達、本当に何の魔法もかかっていないよね？　……ミヅキやクラウスは勿論、近衛達は本当に、善意で私達にくれただけだよね⁉

三人のライバル令嬢のうち〝ハズレ令嬢〟に転生したようです。
～前世は病弱でしたが、癒しの魔法で今度は私が助けます！～

著：木村 巴（きむら ともえ）　イラスト：羽公（はこ）

公爵令嬢のリリアーナは、五歳の時に病弱な女子高生だった前世の記憶を取り戻す。

庭でのピクニックなど、前世では叶えられなかったささやかな願いを一つずつ叶えていくリリアーナ。そんなある日、呪いと毒で命を落としそうになっている少年クリスと出会う。癒しの魔法で彼を救ったことで、彼女は人々のために力を役立てたいと決意する！

数年後、リリアーナは三人の王子の婚約者候補として城に招かれる。そこで出会ったのは、王子の姿をしたクリスだった……！　さらに、前世の乙女ゲームに登場したライバル令嬢の二人も招かれていて……!?

転生先で前世の心残りを叶える、読むと元気になれる異世界転生ファンタジー！

婚約破棄をした令嬢は我慢を止めました

著：棗（なつめ）　イラスト：萩原（はぎわら） 凛（りん）

公爵令嬢ファウスティーナは王太子ベルンハルドに婚約破棄されてバッドエンドを迎えてしまう。次に目覚めると前回の記憶と共になぜか王太子に初謁見した時に戻っていた。

今回こそは失敗しないために『我慢』を止めて、自分の好きなことをして生きていこうと決意するファウスティーナ。

「私は王太子殿下と婚約破棄をしたいの!!」

でも王太子が婚約破棄してくれず兄や妹、更に第二王子も前回と違う言動をし始める。運命の糸は前回よりも複雑に絡み始めて!?

ＷＥＢで大人気!!　前回の記憶持ち令嬢による、恋と人生のやり直しファンタジー！

身代わり伯爵令嬢だけれど、婚約者代理はご勘弁！

著：江本マシメサ　イラスト：鈴ノ助

　アメルン伯爵家の分家に生まれたミラベルは、容姿がそっくりな本家の従姉アナベルと時々入れ替わり、彼女の身代わりとして社交界を楽しんでいた。そんなある日、ミラベルは、アナベルから衝撃的なお願いをされる。

「あなたの大好きなジュエリーブランド“エール”のアクセサリーをあげるわ。代わりに、婚約関係でも“身代わり”になってちょうだい」

　“エール”に目がないミラベルは思わず首を縦に振ってしまう。しかしその婚約相手は冷酷無慈悲で“暴風雪閣下”の異名を持っているデュワリエ公爵で……!?

　ちょっぴりおっちょこちょいな伯爵令嬢によるラブコメディ第一弾！

魔導師は平凡を望む　27

2021年5月20日　第一刷発行

著者 …… 広瀬 煉
©HIROSE REN/Frontier Works Inc.
イラスト …… ⑪
発行者 …… 辻 政英
発行所 …… 株式会社フロンティアワークス
〒170-0013　東京都豊島区東池袋 3-22-17
東池袋セントラルプレイス 5F
営業　TEL 03-5957-1030　FAX 03-5957-1533
アリアンローズ公式サイト　https://arianrose.jp/
装丁デザイン …… ウエダデザイン室
印刷所 …… シナノ書籍印刷株式会社